COMÉDIES DE SALON

PAR

Mᵐᵉ M. DE GÉVRIE

A L'ABORDAGE! — LE FLACON D'OR
UN MAUVAIS JOUR QUI FINIT BIEN. — TOUS DIPLOMATES
NI COUSIN, NI COUSINE

PARIS

E. LACHAUD, ÉDITEUR

4, PLACE DU THÉATRE-FRANÇAIS, 4

—

1872

COMÉDIES

DE SALON

Clichy. — Imp. Paul Dupont et Cie, rue du Bac-d'Asnières, 12.

COMÉDIES
DE SALON

PAR

MME M. DE GÉVRIE

PARIS

E. LACHAUD, ÉDITEUR

4, PLACE DU THÉATRE-FRANÇAIS.

1872

A L'ABORDAGE!

PROVERBE.

PERSONNAGES

MAX MAUROY, ingénieur,   35 ans.

GÉRARD DESVARETS, lieutenant de vaisseau,   32 ans.

MADAME MARIE DE GARDONNE, veuve,   26 ans.

*La scène se passe à Paris, dans le cabinet de Max, un soir
de février.*

A L'ABORDAGE !

Porte d'entrée, portes latérales. Ameublement sérieux, en chêne sculpté. — Au milieu, une grande table couverte de papiers, de plans, de dessins.

SCÈNE PREMIÈRE

MAX est assis et travaille.— A l'étage supérieur se donne un bal; on entend le bruit très-distinctement.

MAX, impatienté, se lève.

Quel tapage ! je ne pourrai jamais finir ce travail, car ils vont se trémousser ainsi jusqu'à cinq heures du matin, les femmes rouges comme des pivoines, les hommes passés à l'état d'arrosoir !... pouah !... quand l'espèce humaine a tant d'intérêt à se tenir tranquille ! (Le bruit redouble. Il allume un cigare et se met à marcher en regardant le plafond.) Et dire qu'il y a des gens âgés, des hommes sérieux, qui viennent sanctionner de leur autorité, de leur expérience, ces saturnales bêtes, et attraper des apoplexies dans cette atmosphère de vers à soie. C'est bien fait ! mourez tous, vieux fous, qui conduisez là, pour le plaisir des autres, vos femmes et vos filles ! (Il se rapproche de la cheminée, jette du bois au feu et s'étend dans un fauteuil.) Quand je subis un bal, de près ou de loin (jamais d'assez loin), je me rappelle toujours avec admiration la réflexion superbe de cet Oriental qui, assistant pour la première fois à une fête donnée par les Européens, et frappé de la fatigue de ces gens haletants, ruisselants, dit: « Ils sont donc bien pauvres, qu'ils dansent eux-mêmes? » (On entend un coup de sonnette, la porte s'ouvre violemment, entre Gérard en uniforme.)

SCÈNE II

MAX, GÉRARD.

GÉRARD.

Quelle aventure inouïe! incroyable! est-il possible? Oui! j'en jurerais!

MAX, à part.

Toujours dans les coups de mer!

GÉRARD, négligemment.

Bonjour, cher, tu vas bien?

MAX.

Non.

GÉRARD, qui n'écoute pas.

Tant mieux! Il y a un bal, en haut?

MAX.

Pour mon malheur!

GÉRARD.

Tu connais la maîtresse de la maison? (Vivement.) Tu dois la connaître! une femme, une voisine, on se salue, elle t'a invité, tu vas m'y conduire.

MAX, avec stupéfaction.

Moi!

GÉRARD, toujours distrait.

Vite, mon ami, vite, ton habit noir, un bout de cravate blanche, et montons...

MAX, élevant la voix.

Ah çà! tu perds la tête! tu arrives comme un ouragan et.

2

GÉRARD, l'interrompant.

Oui, c'est vrai, à la rigueur je devrais t'expliquer... mais tu devines, n'est-ce pas? D'ailleurs, il n'y a pas un instant à perdre, il faut que je sache immédiatement... (Arpentant le salon.) Si je m'étais trompé! Non, c'est impossible! je l'ai devinée, reconnue...

MAX, prêtant l'oreille, à part.

Une femme, sans doute!

GÉRARD ôte son chapeau, arrange sa cravate devant la glace.

Retrouvée! retrouvée! après trois ans passés à la chercher!

MAX, à part.

C'est une épingle.

GÉRARD, toujours devant la glace.

Mais lui plairai-je? m'aimera-t-elle?

MAX.

Diable! cela n'a plus l'air d'être une épingle.

GÉRARD.

Il le faudra, je serai si éloquent! Je lui dirai... Au fait, qu'est-ce que je vais lui dire?... C'est égal, viens, venons... (Il se rapproche de Max; celui-ci étend ses jambes devant le feu et s'enfonce dans son fauteuil.)

MAX.

Mon bon ami, tu m'effrayes, parole d'honneur, et je craindrais de te voir devenir fou si je ne savais que tu l'es déjà... Mais, pour Dieu! tâche de mettre un peu d'ordre dans tes idées, assieds-toi là et raconte.

GÉRARD.

Non, mon cher, c'est impossible, car elle peut redescendre, partir, et moi, sans indication, sans adresse, je retombe dans mon néant!

MAX.

Ah! il y a un néant? bien, et une femme? (Gérard fait un signe affirmatif.) J'y suis, alors : un néant dont tu veux sortir, une femme chez laquelle tu veux entrer. Et cette femme est ma voisine? Mais, malheureux, tu ne sais donc pas qu'elle a cent ans? Elle joue toujours à la Célimène, c'est vrai, mais comme on joue aux patiences, — seule.

GÉRARD.

Horreur ! ce n'est pas cela ! mais une invitée jolie comme les amours, jeune, élégante.

MAX.

Alors, tu peux être tranquille ; plus elle est jolie, mieux elle sera fêtée, et plus longtemps elle restera.

GÉRARD, bondissant.

Mais je ne veux pas, moi, que...

MAX.

Oui, oui, je comprends cela, mais, pourtant, une femme qui a passé deux heures à sa toilette ne peut pas faire ses frais en quelques secondes, que diable ! Il faut le temps d'exciter l'admiration des hommes, de faire enrager les bonnes petites amies... D'ailleurs, à la première voiture qui repart, je t'ouvre cette porte, tu prends ta course, et comme tu files plusieurs nœuds à l'heure, tu ne peux manquer...

GÉRARD.

De la perdre.

MAX.

Voyons, raconte... Et d'abord, pourquoi es-tu en uniforme?

GÉRARD regarde sa montre.

Au fait, nous avons bien cinq minutes à nous ! Passe-moi un cigare. Mon cher, voici l'histoire. (Il s'assied.) C'est aujourd'hui le jour de réception de mon ministre, je m'étais fait beau à son intention, et je m'y rendais, lorsque je remarque une longue file d'équipages qui, s'engageant dans le faubourg Saint-Honoré, s'arrêtaient devant chez toi. Je sens poindre une légère curiosité, et je me dis : Allons lui dire bonjour. Me voilà donc sur le trottoir, et, tout en suivant mon chemin, regardant dans l'intérieur des voitures, qui, forcément, allaient au pas. As-tu fait cela quelquefois ? Non, eh bien, tu as tort !

Tu ne sais pas comme c'est amusant et... instructif. Les maris,
écrasés, aplatis sous la soie, la gaze, les flots de tulle, n'osent
pas faire un mouvement; les malheureux savent ce que cela
leur coûte! Les femmes, au contraire, des roses aux joues,
de la neige au sein, comme dit le poëte, fleurs, diamants au
front, les yeux brillants!... et tout cela dans une demi-teinte,
à travers la buée des glaces, qui permet de voir un peu...

MAX, l'interrompant.

Beaucoup... passionnément...

GÉRARD.

Puis les suppositions qui vont leur train, la divination qui
s'en mêle!... Cette jolie tête blonde, dont la physionomie
anxieuse indique l'empressement d'arriver, va retrouver là,
bien sûr, celui qu'elle aime !... Heureux drôle !... Cette indifférente personne, enfoncée dans ses coussins, enfermée dans
ses fourrures, n'aime pas encore, mais elle aimera un jour
ou l'autre... ce soir, peut-être... mais qui? Moi! Pourquoi
pas ?. J'en étais là de mon roman, quand une portière s'ouvre
rapidement, et un nuage blanc, impatienté de la lenteur, saute
sur le trottoir et se met à franchir en courant les quelques
pas qui restaient à faire, laissant derrière elle un parfum!...

MAX.

De jolie femme !

GÉRARD.

Mais je le connaissais, ce parfum; où donc l'avais-je respi-
ré ? Il me rapportait un monde de souvenirs, et je fermais les
yeux pour me le rappeler, lorsqu'en les rouvrant avidement
pour suivre le nuage, je l'aperçois qui se retourne ; il avait
perdu son soulier? Je le devine au temps d'arrêt, à la robe
qui se relève un peu... Je me rapproche...

MAX.

Naturellement...

GÉRARD.

Et je vois un pied ! oh ! quel pied, mon cher, du marbre
blanc !

MAX, l'interrompant.

Il était donc nu ?

GÉRARD, continuant.

Et cet atome de pied essayait de rentrer dans sa prison de satin, puis j'entends une voix anxieuse mêlée de rire qui se met à appeler : Jean... Jean!... Jean marchait derrière moi, empêtré dans sa grandeur et l'ampleur de son pardessus; je m'élance, et mettant un genou à terre, je veux relever le quartier rebelle...

MAX.

Tu vas vite...

GÉRARD.

Mais déjà, pied, soulier s'enfuyaient l'un traînant l'autre à la façon d'un oiseau blessé, (A part en s'éloignant.) mais... laissant tomber une plume de son aile... (Il retire de sa poche une bouffette de satin blanc.)

MAX.

Voyons, récapitulons : est-ce un nuage ? est-ce un oiseau ?

GÉRARD.

Un ange... une création divine...

MAX.

Oui, j'entends bien... qui a un pied... long comme ça. (Il montre son ongle.) Et ce pied-là est monté au second, et voilà pourquoi tu veux m'y conduire ?

GÉRARD.

Oui.

MAX.

Mais, sapristi ! il y a dans le monde d'autres pieds que ceux-là ! Viens ici; viens te chauffer; moi aussi j'ai des pieds superbes, je vais te les montrer, tant que tu voudras ! (Se soulevant sur son fauteuil.) Qu'est-ce que tu tiens donc là amoroso ?

GÉRARD.

Le nœud de son soulier et de mon cœur...

MAX.

Farceur !

GÉRARD.

Ne plaisante pas... je suis très-sérieux, car tel que tu me
vois, je touche peut-être à la réalisation de mon rêve... Je t'ai
parlé souvent de cette image qui, depuis trois ans, occupe ma
pensée exclusivement.

MAX, à part.

Exclusivement... avec un pied par-ci, un nuage par-là !

GÉRARD.

Tu ne te souviens pas ?

MAX.

Oh ! si fait ! si fait ! Cette dame au portrait que tu n'as jamais
vue, et dont tu es amoureux fou ! Une extravagance !

GÉRARD.

Eh bien ! mon cher, cette femme de tout à l'heure, enveloppée dans des flots de tulle et dont j'ai pu à peine apercevoir
les traits, m'a rappelé ce portrait, puis j'ai senti en moi je
ne sais quel choc.

MAX.

Oui, oui, très-connu ; nos mères l'appelaient le coup de
foudre !

GÉRARD.

Enfin... c'est elle, je le crois, et je veux m'en assurer à
tout prix !

MAX

Mon cher, demande-moi tout ce que tu voudras, tout, tu entends ? excepté d'aller à ce bal !...

GÉRARD.

Les voilà bien, les amis ! ils passent les trois quarts de leur
vie à protester de leur dévouement quand il est inutile, et
l'autre quart à en refuser la preuve.

MAX.

Écoute. Veux-tu puiser dans ma bourse ? Veux-tu que je te

1.

fasse un dessin comme celui-ci, à me casser la tête et les yeux ? Achète-toi un terrain ; je te combine un plan à dépenser ton patrimoine, parle !... Mais, pour l'amour de Dieu, n'arrache pas un sauvage à ses habitudes, à ses travaux, à ses lares !

GÉRARD.

Eh bien, alors, mon cher, je vais plaider ma cause auprès de ta mère ; elle ne me refusera pas, elle, et va m'y conduire.

MAX.

Ma mère ! mais tu n'y penses pas ! De peur qu'elle ne soit tentée par le voisinage, je suis allé lui chercher deux whisteurs ; elle est là bien tranquille et tu veux l'arracher aux douceurs de son mort ? Je m'y oppose, (Il se met devant la porte.) d'autant plus qu'elle t'adore et ne saurait pas te refuser.

GÉRARD.

Et toi, tu t'en charges si bien... Merci... (Il prend son chapeau.) Adieu !... Au fait, tu as raison. A quoi bon cette chasse au bonheur ? Dans un mois, j'irai retrouver les sauvages. (Il sort.)

MAX, courant après lui.

Gérard, Gérard, reviens... Oh! quel fou! Allons, viens donc, j'ai à te parler. (Gérard rentre.) Eh bien ! puisqu'il le faut, j'irai ! Seulement, rappelle-toi que dans les temps anciens et modernes il n'y a jamais eu de sacrifice pareil à celui que je vais te faire... (Il va à sa table et range ses papiers avec impatience.) Car, enfin, Abraham n'acheva pas son petit... Un ange arrêta son bras. A moi ! ange du buisson !...

(La porte s'ouvre doucement, madame de Gardonne entre en robe de bal.)

SCÈNE III

MADAME DE GARDONNE, GÉRARD, MAX.

GÉRARD, à part.

Elle ! ici ! et c'est bien elle ! le portrait !

MADAME DE GARDONNE, étonnée, à part.

Ah ! mon marin de tout à l'heure !

MAX, entendant un frou-frou de soie, se retourne.

Ma belle cousine, par quel heureux hasard ? et quelle bonne étoile vous amène ?

GÉRARD, à part.

La mienne, parbleu !

MAX va à elle et lui baise la main.

Mais comme nous sommes jolie ! et pour qui, contre qui ce déploiement de forces ?

MADAME DE GARDONNE.

Mon cher, j'arrive de ce bal, en haut ; une foule, une chaleur !... J'y ai cherché vainement votre mère, vous, un visage ami... Personne... Je m'ennuyais... je suis descendue...

MAX.

Et moi, madame, je m'y ennuierai et j'y monte !....

MADAME DE GARDONNE.

Pourquoi ?

MAX.

Ah ! pourquoi ? Demandez-le à mon bourreau que je vous présente, si vous voulez bien le permettre, M. Gérard Desvarets, lieutenant de vaisseau, garçon charmant du reste, mais une imagination d'enfer ! Dans ce moment-ci il vendrait son âme pour un pied entrevu !... (Gérard le tire par la manche.) Ah ! tant pis ! je m'exalte ! Et moi, ami infortuné, je vais mettre une cravate blanche, subir le supplice du carcan, pour aller à la conquête de ce pied-là !

MADAME DE GARDONNE, troublée, se dirige vers la porte latérale.

Ma tante est chez elle ?

MAX.

Oui, elle fait son whist ; entrez, votre adorateur est justement là.

MADAME DE GARDONNE.

Le militaire ?

MAX.

Comment l'avez-vous reconnu au milieu d'un si grand nombre ?

MADAME DE GARDONNE.

C'est qu'il me déplaît.

MAX.

Que les femmes sont ingrates !... Il suffit qu'un pauvre garçon les adore...

MADAME DE GARDONNE, l'interrompant.

Mais je ne reconnais pas au premier venu le droit de m'adorer.

GÉRARD.

S'il y a des madones, madame, c'est pour que le passant s'agenouille.

MAX, à part.

Hum ! voilà un bien joli refrain de romance. Voyez-vous, ces marins, comme ils vont de l'avant !

MADAME DE GARDONNE.

Je ne peux en aucune façon accepter la comparaison, monsieur, et pourtant je voudrais la discuter. Le passant qui s'agenouille dit bas sa prière, n'est-ce pas ?

GÉRARD.

Assurément, de façon pourtant à être entendu de la madone.

MADAME DE GARDONNE.

Mais celui qui crie sur les toits que l'idole est charmante et qu'il l'adore, est un orgueilleux peu fervent.

MAX.

Orgueilleux !

MADAME DE GARDONNE.

Oui, orgueilleux, en ce sens qu'il a l'air de se trouver digne de l'échange, et peu fervent parce que tous les sentiments vrais ont leur pudeur.

GÉRARD.

Mais les hommes, madame, ne doivent pas avoir de pudeur en fait de sentiments, car s'ils ne les montraient pas, les femmes se feraient un vrai plaisir de ne pas les deviner. Un patient qu'on fait souffrir sans qu'il ose se plaindre, mais c'est charmant... et pour les femmes, croyez-le bien, le moment le plus amusant de l'amour ! Ce n'est pas que je veuille défendre ce monsieur, je ne le connais pas et il me déplaît.

MAX, se tournant vers madame de Gardonne.

Oui, mais ce garçon-là, madame, se jetterait au feu pour vous !

MADAME DE GARDONNE.

Peut-être ; mais à coup sûr il mettrait un casque de pompier.

MAX, riant.

Allons, sa cause est perdue ! (Gérard le tire par la manche. Max, impatienté.) Oui, oui, nous irons, ne crains rien.

GÉRARD, bas.

Mais ce n'est pas cela ! elle est donc ?...

MAX, vite et l'interrompant.

Oui, elle l'est !... (A madame de Gardonne.) Eh bien ! Marie, puisque vous vous ennuiriez par là, faites une bonne action : restez quelques instants ici avec mon ami, pendant que je vais m'habiller.

GÉRARD lui serre la main avec effusion.

Merci !

MAX, à part.

Qu'est-ce qui lui prend ? (A madame de Gardonne.) Il faut bien faire quelque chose pour les gens qui partent.

MADAME DE GARDONNE, se rapprochant de Max.

Il part. Pourquoi ?

MAX, à mi-voix.

Il est amoureux ! (À part.) J'aurais pu lui dire : Il est marin, mais il ne faut jamais donner aux femmes une raison raisonnable.

MARIE, bas et d'un air narquois.

Amoureux... d'un pied ?

MAX.

Mieux que cela. (Madame de Gardonne prend un air piqué. — Max approche un fauteuil du feu et fait signe à sa cousine.) Venez vous asseoir là ! (Voyant qu'elle ne bouge pas.) Ne redoutez rien, belle craintive, sa maladie n'est pas contagieuse.

MADAME DE GARDONNE, à part.

Mais... elle est transmissible.

MAX, à part.

Si elle pouvait lui faire oublier ce maudit bal ! (Haut.) Venez, cousine, venez... (Il la fait asseoir. — Baissant la voix.) Montrez un peu... (Il soulève le bas de sa robe, regarde son pied chaussé de satin blanc, fait un geste d'admiration, et se penchant à son oreille.) Ne vous chauffez pas, surtout ; je vous le recommande, il oublierait... Vous le savez, un pied... chasse l'autre. (À part et remontant la scène.) Dans cinq minutes, elle aura un froid de loup. (Madame de Gardonne présente ses pieds au feu. — Max, se retournant.) J'en étais sûr ! (À Gérard.) Allons, viens ici. (Il lui désigne un siège.) Madame de Gardonne te permet de lui tenir compagnie.

GÉRARD déboucle son ceinturon et jette son sabre dans un coin, à part.

Madame de Gardonne... Je sais son nom au moins ! (En passant près de Max et à mi-voix.) Et M. de Gardonne ?

MAX, souriant.

Ne lui demande pas de ses nouvelles.

GÉRARD.

Alors, elle n'est donc pas ?...

MAX, vivement.

Si, elle l'est ! (Il se sauve. — Arrivé à la porte, il se retourne.) A propos, Marie, faites-lui donc un peu de morale, dites-lui surtout

qu'il n'a pas le sens commun. Il veut partir pour un voyage
de quatre ans, et dans un pays où, quand on apprécie les
gens, on en goûte! (Il sort.)

SCÈNE IV

MADAME DE GARDONNE, GÉRARD.

GÉRARD, à part, réfléchissant.

Elle est veuve! sans nul doute... je parlerai... (Il s'assied. —
Haut.) Madame...

MADAME DE GARDONNE.

C'est vrai... monsieur? vous comptez partir prochaine-
ment?

GÉRARD.

Oui, madame. Je vais ce soir solliciter un ordre d'embar-
quement.

MADAME DE GARDONNE.

Pour?...

GÉRARD.

L'Océanie.

MADAME DE GARDONNE.

Un long voyage?

GÉRARD.

Trois ou quatre ans.

MADAME DE GARDONNE.

Elle a donc un bien grand attrait, cette vie aventureuse de
la mer?

GÉRARD.

En elle-même, non; mais elle est un remède, une force.
Elle vous prend et vous enlève à des désirs, des rêves im-
possibles!... Elle met son *veto* entre le cœur et la chimère

poursuivie, et il vaut mieux à tout prendre se briser d'un seul coup que de se meurtrir aux obstacles de la route.

MADAME DE GARDONNE.

Voilà de la philosophie qui touche à l'indifférence, qualité du marin...

GÉRARD.

Oh! madame, quel blasphème! Le marin indifférent!... mais vous ne savez pas, au contraire, combien cette vie de solitude, de contemplation développe le sentiment, donne des aspirations à toutes les tendresses, à tous les liens. L'amitié devient un adoucissement, l'amour une récompense; c'est le cri de : Terre!.. qui fait battre le cœur et qu'on attend tout le temps de la traversée! Le marin indifférent! Mais une fleur, un bout de ruban le font vivre et espérer pendant des mois entiers.

MADAME DE GARDONNE.

Bah!

GÉRARD.

Mais, pour revenir à ma proposition de tout à l'heure, sup-posez un homme jeune, amoureux... (Il se rapproche un peu.) Cela se voit, n'est-ce pas?

MADAME DE GARDONNE.

On le dit...

GÉRARD.

... S'étant attaché pendant des années à la poursuite d'un souvenir, d'une image entrevue, puis mis tout à coup en face de la réalité de cette femme rêvée, aimée. (Il se rapproche de nouveau. — Madame de Gardonne se recule.) ... et saisi de vertige, parce qu'il comprend que son rêve est sans espoir!... N'est-ce pas plus sage, dites-moi, madame, de s'enfuir et de tâcher d'oublier?

MADAME DE GARDONNE.

Évidemment! Et puis l'absence est une grande coquetterie; car l'absent n'est pas celui qui s'en va, mais celui qui reste!

GÉRARD, à part,

Comme elle saurait aimer !

MADAME DE GARDONNE.

Vous autres, vous avez tant de distractions !

GÉRARD.

Le souvenir nous les gâte ; car personne n'a le culte du souvenir comme le marin.

MADAME DE GARDONNE, souriant.

Cela s'explique. Personne plus que vous n'est à même d'en faire des collections.

GÉRARD.

Mais, madame, rien n'est fidèle et constant comme nous... Et nous avons le double mérite de nous enflammer vite, le temps nous presse, et de rester fidèles...

MADAME DE GARDONNE, l'interrompant.

L'occasion vous manque...

GÉRARD.

Vous êtes impitoyable ! Et pourtant si vous saviez... si je pouvais vous dire... (Il se rapproche.)

MADAME DE GARDONNE, étonnée, recule son fauteuil. — A part.

Mais quel feu ! Est-ce qu'ils sont tous ainsi dans la marine ? Je me sens toute troublée !... (Haut et froidement.) Vous êtes attaché au port de Cherbourg, monsieur ?

GÉRARD.

Non, madame. (A part.) Comme elle me tend la perche !

MADAME DE GARDONNE.

Vous ne le connaissez pas ?

GÉRARD.

Si fait, madame.

MADAME DE GARDONNE, avec gaieté.

Moi aussi, monsieur. C'est là que, pour la première fois, j'ai vu la mer. Je me suis embarquée !... Aussi j'ai gardé de cette campagne un souvenir !... Il est vrai que j'avais seize

2

ans alors et un besoin de voir, d'admirer, de vivre !... Nous
assistâmes à une messe à bord du vaisseau *la Bretagne*, et
les moindres détails m'en sont encore présents : les marins,
silencieux, recueillis, obéissant à une consigne, semblaient
courbés sous leur foi religieuse! les jeunes officiers en brillants uniformes, le prêtre en cheveux blancs, encadré dans
ces lumières, cet or, ces sabres nus, et tout cela au milieu
d'un vertige d'encens rehaussé de la musique du *Trovatore* !
Ah ! il me semble y être encore !... et le tableau m'est resté
dans le souvenir sans que le temps y ait mis une ombre !

GÉRARD, anxieusement.

Quelle année ?

MADAME DE GARDONNE, vivement.

Aussi, sortant de là tout impressionnée, mes seize ans au
cœur, j'inscrivis un souvenir sur la première page blanche
de mon imagination de jeune fille.

GÉRARD, inquiet.

Comment cela ?

MADAME DE GARDONNE.

Un roman de pensionnaire. Figurez-vous que j'ai aimé
follement, pendant six mois, quelqu'un que je n'avais jamais
vu!

GÉRARD.

C'est peut-être à cette circonstance bizarre qu'il doit cette
faveur.

MADAME DE GARDONNE, rêveuse.

Qui sait ?

GÉRARD.

Mais à quelle époque?

MADAME DE GARDONNE.

Après cette messe, dont je vous parlais et qui m'avait si
fort impressionnée, on nous fit visiter le vaisseau, et nous
nous y prêtâmes de la façon la plus indiscrète, en nous faisant montrer même les cabines des officiers. Je regardais

d'une façon assez indifférente, lorsqu'une porte s'ouvre. J'entre (inutile de vous dire que le maître était absent); je me sens attirée et retenue par le charme sérieux et poétique de ce petit réduit. Les tentures foncées faisaient ressortir les souvenirs accrochés avec soin, on sentait que le cœur avait emménagé.

GÉRARD, troublé.

Des tentures foncées?

MADAME DE GARDONNE.

Oui, d'un bleu sombre. Une décoration avec son ruban fané reposait sur un coussin de velours noir... C'était triste!...

GÉRARD, attendri et à part.

Mon père!...

MADAME DE GARDONNE.

Une miniature de femme, jeune encore; au-dessus une branche de buis bénit qui avait été mise là par une main de mère : c'était sa signature, sa sauvegarde; des livres de choix, un portrait de Musset, une photographie de George Sand; du goût, du cœur! Je restais, je m'y plaisais! Et en regardant cette belle nappe d'eau verte et tourmentée qui venait se franger d'argent contre la petite fenêtre, je me disais : « Comme j'aimerais vivre là!... » La voix rude de mon beau-frère me sortit de mon rêve : « Eh bien! Marie, qu'est-ce que vous faites donc? » Je m'enfuis en laissant derrière moi un énorme bouquet de roses que je tenais à la main.

GÉRARD, à part.

Parbleu! j'en sais quelque chose.

MADAME DE GARDONNE, anxieuse.

Vous dites?...

GÉRARD.

Rien, madame. C'était en 62, n'est-ce pas?

MADAME DE GARDONNE.

Oui, en 62, mais comment savez-vous cela ?

GÉRARD.

Je crois connaître la personne.

MADAME DE GARDONNE, troublée.

Oh ! si c'était...

GÉRARD.

Non, madame, rassurez-vous. C'est un de mes amis...
mon meilleur ami.

MADAME DE GARDONNE.

Mais enfin qui vous fait supposer ?...

GÉRARD.

Des détails... Et puis j'étais à cette époque à Cherbourg,
embarqué... J'allais tous les jours à bord de *la Bretagne...*
Des camarades... vous savez... Il y a beaucoup de camara-
derie dans la marine.

MADAME DE GARDONNE.

Raison de plus alors, monsieur, pour que je vous demande
de ne pas me trahir. Cela ne signifie rien du tout ; mais si je
me trouvais en face de... lui, cela m'embarrasserait, je vous
l'avoue.

GÉRARD.

Pourquoi ? Il serait si heureux !

MADAME DE GARDONNE.

Monsieur !

GÉRARD.

Oh ! ce n'est pas pour vous que je dis cela, madame ; mais
c'est un garçon si fataliste, si disposé à tout ce qui est rencontre... hasard... Je le connais beaucoup... Il passe sa vie à
chercher...

MADAME DE GARDONNE.

Quoi ?

GÉRARD, regardant tendrement madame de Gardonne.

Son idéal...

MADAME DE GARDONNE.

C'est un original. (Avec curiosité.) Dites-moi, comment est-il
de sa personne ?

GÉRARD.

Mais... pas mal... Moi, je le trouve bien.

MADAME DE GARDONNE.

Il a de l'esprit ?

GÉRARD.

On lui en donne facilement.

MADAME DE GARDONNE.

Et... son nom ?

GÉRARD, à part.

Ah ! diable !

MADAME DE GARDONNE.

Pardon... j'oublie que je dois vous donner l'exemple de la
discrétion... N'en parlons plus...

GÉRARD, vivement.

Parlons-en, au contraire, madame; parlons-en, je vous prie.
Et puisque le hasard que je bénis m'a mis sur votre chemin,
puisque je vais partir pour longtemps, pour toujours peut-
être, laissez-moi vous dire mon secret : vous m'aiderez d'un
conseil dans une situation folle et sérieuse où j'ai engagé
toutes mes espérances d'avenir !

MADAME DE GARDONNE.

Je vous écoute, monsieur. (A part.) Pourquoi ai-je peur ?

GÉRARD.

Il y a trois ans, madame... (Tout à coup il se lève.) Oh ! non ,
c'est trop long, ce récit : mes moments sont comptés ; j'aime
mieux vous dire de suite... (Voyant l'étonnement inquiet de madame de
Gardonne.) Mais non, au fait, il faut que vous sachiez le commencement. (Il se rassied.)

MADAME DE GARDONNE, à part.

Il est incohérent !... éloquent, mais incohérent !

GÉRARD.

Lors de mon retour en France, ma mère désira venir passer à Paris les mois de mon congé. Nous nous mîmes en
quête d'un appartement. Un soir, nous revenions fatigués

de cette exploration, lorsque, rue Chauveau... (Il regarde madame de Gardonne d'un air interrogateur.)

MADAME DE GARDONNE.

Lagarde.

GÉRARD, à part.

Elle n'a pas tressailli! (Haut.) oui, Chauveau-Lagarde, un nouvel écriteau nous attira. « Monte, me dit ma mère, je suis lasse, je t'attends. » Le jour commençait à baisser. Je traversai rapidement quelques pièces sombres, lorsqu'arrivé dans le salon je fus ébloui par un ravissant portrait de femme. J'arrachai la lumière des mains du concierge et je l'approchai du visage, qui prit alors une si douce expression de hauteur, de reproche, que je me sentis presque honteux et me découvris !... Je n'ai jamais de ma vie ressenti une impression si étrange... Dès lors, mon parti fut pris, l'appartement trouvé charmant, commode, les conditions acceptées, et ma mère convaincue que j'avais fait une trouvaille ; le lendemain nous nous installions. Pendant six mois j'ai vécu avec ce portrait, lui disant mes rêves, mes espérances. Ma plus chère distraction était de passer de longues heures dans sa belle compagnie. C'était une joie de le retrouver le soir, de le saluer le matin ; car il était à moi, pour moi seul : je m'en étais emparé !... Je n'eus plus qu'un désir, une ambition, retrouver cette femme ! Je la savais absente. Je la cherchais partout. Je questionnai vainement, personne ne put me renseigner. Max était en Égypte, sa mère à la campagne. Je dus partir. Ce souvenir ne me quitta pas. J'en écrivis à des amis. Je les fis sourire... Nul ne m'aida. Il y a six mois, à mon retour, j'y courus. Plus rien... La maison avait disparu. Depuis lors, madame, j'ai cherché, j'ai erré... Ce soir, dans un nuage de tulle, j'ai cru voir passer mon apparition... Je me suis élancé. Mais pour moi la porte était close. Alors je suis venu trouver Max, le supplier de me mener à ce bal. Puis vous êtes venue à moi. Car c'est vous, madame, vous le savez, je vous l'ai dit, vous que j'aime depuis trois ans comme un fou, un insensé... Et me voilà devant vous, comme devant la madone, joignant les mains et disant ma prière... I tombe à ses genoux.)

MADAME DE GARDONNE, troublée.

Mais, monsieur... Relevez-vous, je vous en prie. (On entend la voix de Max.) On vient... Vous me compromettez !...

GÉRARD, toujours à genoux.

Oh ! par grâce ! pas cette expression de colère. En quoi ai-je pu vous offenser ? Eh bien ! pardonnez-moi !... Mais il m'avait semblé qu'aujourd'hui le hasard se faisait Providence ! (La porte s'ouvre.)

SCÈNE V

MAX, MADAME DE GARDONNE, GÉRARD.

MAX, apercevant Gérard aux pieds de sa cousine.

Eh bien ! eh bien ! qu'est-ce que c'est ?

MADAME DE GARDONNE, se remettant.

Monsieur me rendait la bouffette de mon soulier.

MAX.

C'était vous ? Mais alors nous n'allons plus à ce bal, et je peux retirer ma cravate blanche. Bravo ! bravo ! Et nous allons finir la soirée ici, tous les trois, et je vais vous faire du thé, là, au coin du feu ! (Il les regarde alternativement.) Qu'est-ce que vous avez ? Cela ne vous sourit pas ? (Madame de Gardonne feuillette un album. Gérard remet son sabre.) Comment ! tu t'en vas... (Il se rapproche de lui, à mi-voix.) quand tu as trouvé femme à ton pied ?... (Le regardant plus attentivement.) Mais, j'y pense, ne me disais-tu pas que tu avais cru reconnaître...?

GÉRARD, l'interrompant.

Oui, c'est elle !

MAX.

Et...

GÉRARD, vivement.

Je lui ai tout dit... Adieu.

MAX.

Et tu pars?... Mais attends un peu, que diable! depuis Cé-
sar, nous n'allons plus si vite!... (Max va à madame de Gardonne.)
Et cela ne vous touche pas, d'être aimée ainsi? car je sais
tout, moi, tout, vous m'entendez? Depuis trois ans, je suis le
confident de ce malheureux qui ne rêve que de vous, de votre
image! Il a fait le tour du monde, le grand tour, suivez-
moi bien; les plus jolies femmes sont allées à sa rencontre,
car, dans ces pays primitifs et sauvages, madame, les femmes
vont encore à la rencontre... Qu'on vante après cela notre
civilisation!.. Et il est resté insensible à ces avances... charmantes; votre souvenir le protégeait... Marie!... (A part.) Du
diable si j'en crois un mot! (Haut.) Et vous ne répondez pas?...
Non, par le temps qui court, temps de décadence s'il en fut,
les femmes ne sont plus ni fières ni heureuses d'être ado-
rées!

MADAME DE GARDONNE.

Oh! si! mais...

MAX.

Quoi? Que pouvez-vous lui reprocher? Il est charmant,
poétique, héroïque... Trois ans!...

MADAME DE GARDONNE.

Il va trop vite.

MAX.

Ah! les marins sont pressés!... Aujourd'hui ici, demain en
Chine; il n'y a pas une minute à perdre. Voyons, dites-lui
une bonne parole...

GÉRARD, s'avançant.

Madame, permettez-moi de vous faire mes adieux. (Max s'é-
carte. — Gérard, à madame de Gardonne, un peu plus bas.) Je vous en
prie, madame, ne gardez pas de moi une mauvaise impression, et si, un jour ou l'autre, un accident venait rappeler
mon nom à votre souvenir, faites-moi paix et miséricorde...

MADAME DE GARDONNE, émue.

Pourquoi évoquer pareille tristesse?... (Elle se détourne.)

GÉRARD, à Max, rapidement et à mi-voix.

Son nom de jeune fille?

MAX, étonné.

Lagrenay.

GÉRARD prend dans son portefeuille un papier plié, et le remettant à madame de Gardonne.

Et maintenant, madame, voici l'une des roses que mademoiselle... (Il se retourne vers Max avec hésitation.)

MAX, soufflant.

Lagrenay.

GÉRARD.

... Marie Lagrenay laissa tomber jadis dans la chambre de Gérard Desvarets, enseigne à bord de *la Bretagne.*

MAX, à part.

Ça, c'est fort!

GÉRARD.

C'était mon amulette, je l'avais toujours gardée.

MADAME DE GARDONNE.

Comment! monsieur, c'était vous? Pourquoi ne me l'avoir pas dit?

GÉRARD.

C'eût été trop d'orgueil, après... votre aveu. Maintenant que je suis humble...

MADAME DE GARDONNE, lui tendant la main.

C'est bien, cela! et Max a raison : vous êtes un brave cœur! Gardez-la, cette fleur, et puisse-t-elle vous porter bonheur (Avec émotion.) et vous ramener près de nous! (Gérard salue et se dirige vers la porte.)

MAX.

Empêchez-le plutôt de partir. On va nous le manger, là-bas... Songez donc, un marin si tendre!

MADAME DE GARDONNE.

Taisez-vous! (Elle fait quelques pas vers Gérard, qui tourne le bouton de

2

la porte.) Monsieur Desvarets... je crois qu'il est déjà bien tard pour demander à partir? (Gérard revient tout heureux. — Madame de Gardonne, timidement.) et peut-être un peu tôt pour vous donner une réponse?

MAX, mettant la main de sa cousine dans celle de Gérard.

Jamais trop tôt pour bien faire... Il faut savoir à temps amener son pavillon!

LE FLACON D'OR

COMÉDIE

PERSONNAGES

MARGUERITE DE NANGIS, jeune veuve.
JUSTINE, femme de chambre.
Le marquis DE BEAU-SÉJOUR.
Le vicomte DE TRAZY.

La scène se passe dans un boudoir.

LE FLACON D'OR

SCÈNE PREMIÈRE

MARGUERITE, JUSTINE.

MARGUERITE.

Je ne sais en vérité, Justine, quel bon génie m'a touchée de son aile aujourd'hui, mais je suis tout heureuse de vivre ; il me semble que l'air est léger, parfumé, que la nature est en fête, et que c'est pour moi que les buissons fleurissent et chantent...; enfin.... j'ai comme le vague pressentiment d'un bonheur.

JUSTINE.

Il faut profiter de cette bonne disposition et faire quelque chose de très-amusant... Mais quoi ? A moi seule je ne trouverai jamais moyen d'amuser madame. Cependant, si je lui improvisais une toilette de bal délicieuse avec fleurs et bijoux ?

MARGUERITE.

Pour rester au coin de mon feu ? Merci, j'aurais trop de regrets... à moins que, comme Cendrillon, quelque bonne fée, me prenant en pitié, ne vienne m'aider à perdre ma pantoufle.

JUSTINE.

Qui sait ?

2.

MARGUERITE.

Eh bien donc, je consens : j'accepte ton idée, si étrange qu'elle soit, car j'ai besoin de distraction pour oublier que j'ai soif de plaisir.

JUSTINE.

Je le crois bien ; à cette coupe-là, madame a bu... si peu...

MARGUERITE.

Toi, tu en parles comme si tu t'étais grisée !

JUSTINE.

Désaltérée seulement, et à peine...

MARGUERITE.

Était-ce au moins au courant d'une onde pure ?

JUSTINE.

Oh ! oui, et sans le moindre loup...

MARGUERITE.

Tu as mal dit cela, Justine. Aurais-tu la vertu triste ? Allons, trêve de regrets. Vite, ouvre mes cartons, apporte-moi mes écrins, et surtout fais-moi belle, si c'est possible.

JUSTINE, fouillant les tiroirs.

Bravo ! Dire qu'il y a trois ans que ces jolies choses dorment et s'ennuient ! Comme tout cela va être content de voir la lumière ! (Elle les apporte.)

MARGUERITE, ouvrant les écrins.

Au fait, pourquoi suis-je restée si longtemps sans me donner ce plaisir ? Comme ces diamants brillent ! et ces perles, qu'elles sont fines et jolies ! Pour moi la perle est la personnification de la grâce, de la poésie, et, par suite, la compagne obligée du diamant. Le diamant, seul et monté en célibataire, a l'air d'un parvenu orgueilleux et insolent. N'est-ce pas ton avis, Justine ?

JUSTINE.

Si fait ; cela rentre complétement dans mes idées. Je suis toujours pour le mariage. Aussi, vite, je leur donne ma bénédiction et je referme la boîte. Quelle guirlande mettons-nous ?

MARGUERITE.

N'importe..... Celle-ci ; seulement souviens-toi que, tout en m'attifant, tu es tenue de me récréer. Dis-moi tes secrets, fais-moi part de tes impressions. Et d'abord, es-tu heureuse ?

JUSTINE, coiffant Marguerite.

Si je suis heureuse ! mais heureuse comme le poisson dans l'eau, comme l'oiseau dans les feuilles, comme...

MARGUERITE, l'interrompant.

Mais alors ce bonheur a une cause, un nom ; comment l'appelles-tu, Claude ou Pierre ?

JUSTINE.

Je ne l'appelle plus depuis deux jours...

MARGUERITE.

Il y a brouille ? et pourquoi ?

JUSTINE.

Parce que M. Claude, qui d'abord s'était montré très-docile, très-respectueux, s'avise maintenant d'avoir des opinions, des volontés... L'autre jour, ne voulait-il pas à toute force fixer l'époque de notre mariage ! « Mais pourquoi nous presser ? » lui ai-je dit, « l'amour, c'est la poésie ; le mariage c'est la prose. » (J'avais lu cela le matin.) « Eh bien donc, m'a-t-il répondu brusquement, chargez-vous de la poésie, mademoiselle Justine ; quant à moi, je ne comprends que la prose. »

MARGUERITE, riant.

Mais il a du bon, ce garçon, et je ne vois pas pourquoi tu te fâches. Songe qu'il est doublement dans son rôle de cocher et de fiancé en voulant mener l'amour à grandes guides. Toi, tu es comme les enfants : la route te semble agréable, et tu t'arrêtes en chemin, en oubliant l'heure de l'école..... Cependant, tu veux arriver, n'est-ce pas ? Alors, ne mets pas de bâtons dans les roues...

JUSTINE.

Mais, mon Dieu ! je ne m'appartiens pas !

MARGUERITE.

Déjà... depuis deux jours... un autre... Pauvre Claude !

JUSTINE.

Non, madame, ce n'est pas cela : seulement je me suis promis de ne penser à moi que lorsque madame aura enfin consenti à s'occuper d'elle.

MARGUERITE.

Mais il me semble que ce soin-là regarde les autres, et jusqu'à présent peu de gens s'occupent de moi.

JUSTINE.

Quel blasphème ! Je vais les compter : le marquis de Beau-Séjour, le comte de Bernay, M. de Lorbell...

MARGUERITE, avec indifférence, se regardant et portant la main à sa coiffure.

Supprime tout cela ; c'est lourd.

JUSTINE, continuant l'énumération.

Le vicomte de Trazy.

MARGUERITE.

Ramène cette fleur. Ah ! celui-là aussi ?

JUSTINE.

Celui-là d'abord.

MARGUERITE.

Tu prétends qu'il m'aime ?

JUSTINE.

J'en suis sûre : c'est évident pour tous, même pour les aveugles.

MARGUERITE.

Cela le serait tout au plus pour les sourds, puisqu'il ne parle pas.

JUSTINE.

Belle raison ! Moi, je ne crois qu'à ce qu'on ne dit pas.

Et d'ailleurs sa tenue près de vous ne parle-t-elle pas depuis longtemps pour lui? Que de soins, d'attentions! et tout cela si délicat, si réservé! Ah! je le trouve bien éloquent, moi!

MARGUERITE, bas.

Comme pantomime... peut-être.

JUSTINE.

Et puis il faut avouer aussi qu'on l'encourage peu; on le reçoit sans façon, on lui tend la main: Bonjour, vicomte; comment va madame votre mère?

MARGUERITE.

Prends garde! ne va pas si vite.

JUSTINE, continuant.

Et cela ne manque jamais chaque fois qu'il entre... on le traite toujours par la glace; il est vrai qu'on la lui offre d'une façon charmante, qu'elle est sucrée, panachée au besoin, mais toujours aussi froide... Le moyen d'être brûlant avec un pareil régime!

MARGUERITE.

Faites donc attention : vous me piquez.

JUSTINE, bas.

Sans épingle.

MARGUERITE, avec humeur.

Vous me tirez les cheveux. Ne bavardez pas tant, vous ferez moins de maladresses.

JUSTINE, sans s'émouvoir.

L'autre jour, quelqu'un qui s'y connaît m'assurait que, lorsqu'on est très-amoureux, on perd tous ses moyens : l'esprit se paralyse, et l'on prétend qu'il y a des gens qui ont le cœur bête...

MARGUERITE, vivement.

Taisez-vous, sotte; le vicomte est trop charmant de toutes façons et homme du monde trop parfait pour ne pas savoir mettre son esprit au service de son cœur le jour où il le voudra... (Elle fait un mouvement.)

JUSTINE, la retenant encore.

Ce jour-là, madame ne sera pas visible.

MARGUERITE.

C'est très-probable, et tout est pour le mieux. (Avec humeur.) Voyons, est-ce fini? (Elle se lève et va à la glace. Souriant :) Tiens, cette coiffure est jolie. Que c'est charmant les fleurs!

JUSTINE.

« Dieu pensait à la femme en émaillant la terre. »

MARGUERITE, se retournant.

Encore une citation? Vous êtes, en vérité, trop lettrée.

JUSTINE, regardant madame de Nangis.

Oh! madame, que je vous trouve belle! et quelle joie de vous voir ainsi parée! Mais, hélas! quel meurtre que personne n'en profite!

MARGUERITE.

Mais toi! mais moi-même! Ici je recueille tous les suffrages... (Montrant les glaces.) Voici mes flatteurs, mes courtisans.

JUSTINE.

Ils sont en trop petit nombre. Il faut la foule et son murmure, les hommages intelligents et la musique...

MARGUERITE.

Je l'ai dans le cœur depuis ce matin.

JUSTINE.

Eh bien donc, que l'illusion soit complète, et que notre imagination en fasse tous les frais... Figurons-nous qu'une fête splendide attend sa reine, l'heure du triomphe a sonné... Votre éventail, ce burnous sur vos épaules... partons. (Elles se dirigent vers la porte. Justine revenant :) Ah! le flacon que j'oubliais...

MARGUERITE, vivement.

Prends garde! ne touche pas à ce flacon, il renferme...

JUSTINE, l'interrompant.

Un poison?

MARGUERITE, prenant le flacon.

Non, un philtre.

JUSTINE.

Pour rendre amoureux?

MARGUERITE.

Pour faire avouer qu'on ne l'est pas.

JUSTINE, avec curiosité.

D'où vient-il donc, ce terrible flacon?

MARGUERITE.

De l'autre monde.

JUSTINE

C'est un revenant : alors, je vais allumer d'autres bougies.

MARGUERITE.

Si l'homme qui me l'a donné devait tout à coup apparaître ici, tu mourrais de frayeur, ma chère.

JUSTINE.

Est-ce que ce serait?...

MARGUERITE.

Non : c'est tout simplement un vieux sauvage à barbe blanche, couronné de plumes, imbibé de jaune, tatoué de bleu et fièrement drapé dans un manteau rouge.

JUSTINE.

Mais... c'était un arc-en-ciel que cet homme.

MARGUERITE.

Il vint à moi, et, me prenant la main...

JUSTINE, l'interrompant.

En grâce, madame, commençons par le commencement.

MARGUERITE.

C'est que cette histoire est intimement liée à celle de mon enfance, et elle va m'attrister.

JUSTINE.

Pas aujourd'hui, puisque c'est un bon jour... (A part.) Il faut en profiter; ils ne se suivent jamais...

MARGUERITE.

Cela te ferait bien plaisir?

JUSTINE.

Un vrai bonheur !

MARGUERITE.

Eh bien, soit, puisque me voilà revenue du bal... je n'ai rien de mieux à faire. Prends ce tabouret, et assieds-toi. (Justine prend un tabouret et s'assied.) Je suis née en Amérique ; les premières années de ma vie ont été heureuses, et je m'en souviens. Je vois encore les splendides jardins aux longues allées de mimosas, de jasmins et de roses... la chambre obscure, aux épais rideaux de soie, où l'on se réfugiait pour fuir le soleil, et, dans l'angle, une pâle figure vêtue de mousseline blanche, à la voix douce et languissante... C'était ma mère... Chaque jour, je m'endormais à ses pieds, et il me semble encore sentir passer sur mon front, tour à tour, et sa chaude haleine et le souffle frais que m'apportait son éventail agité.

JUSTINE.

Joli tableau !

MARGUERITE.

Puis, un jour, je vis pleurer autour de moi; et, comme j'en demandais la cause : Tu n'as plus de mère! me dit-on. Je pleurai aussi, bien fort, mais je me consolai vite... j'avais cinq ans. A quelque temps de là, mon père, qui n'oubliait pas, lui, résolut de quitter le Nouveau-Monde. Vainement ses amis lui firent observer que la saison était mauvaise, le danger imminent : il fut inébranlable.

JUSTINE.

Les hommes sont si imprudents !

MARGUERITE.

Nous prîmes passage sur un bâtiment qui partait pour la

France, n'emmenant avec nous que ma nourrice, à laquelle ma mère m'avait recommandée en mourant. Les tristes prévisions ne tardèrent pas à se réaliser, et, après un mois d'une épouvantable traversée et de tempêtes continuelles, notre navire vint se briser sur un récif.

JUSTINE.

Je me serais hâtée de mourir de peur, afin d'éviter la noyade.

MARGUERITE.

Ma frayeur fut si grande que je perdis conscience de ce qui se passait. A quelques heures de là, lorsque je rouvris les yeux, j'étais dans une hutte obscure, au milieu de visages noirs et effrayants... J'eus peur; j'allais crier, lorsque je sentis que ma main reposait dans celle de ma bonne nourrice... Je compris que j'étais sauvée!!! J'appris d'elle les détails de notre naufrage... Mon père avait péri et nous nous trouvions dans une île habitée par des sauvages.

JUSTINE.

S'ils avaient été de ceux qui mangent leur prochain?...

MARGUERITE.

Non, grâce à Dieu; ils furent, au contraire, humains et charitables. Bientôt, ils se mirent à m'adorer... l'enfant blanc devint leur idole, leur fétiche... et, telle que tu me vois, Justine, j'ai été, pendant trois ans, reine d'une tribu de sauvages.

JUSTINE.

Étaient-ils tous aussi... bien... habillés que celui du flacon"

MARGUERITE.

Oh!... moins... bien, puisque c'était un chef.

JUSTINE.

Mais... j'espère que le premier acte du gouvernement de madame fut de leur décréter un costume de cérémonie?

MARGUERITE.

Mon Dieu, non ; je ne changeai rien à leur code... civil; il

étaient bons pour moi, ils m'aimaient, je les trouvais charmants. Ils m'emmenèrent avec eux dans leurs expéditions
guerrières, on me dressa ma tente au centre de la tribu, à
l'ombre des palmiers, de l'arbre à pain aux larges feuilles;
leurs enfants devinrent mes vassaux, mes tributaires; ils
remplissaient chaque jour ma case de fruits délicieux, d'ana-
nas, de bananes, de tchérimaï, de papaï, de pommes roses...

JUSTINE.

L'eau en vient à la bouche; ce récit me fait l'effet d'une
primeur.

MARGUERITE.

Puis les jeunes filles cueillaient pour moi la grande labiée,
aux fleurs violettes, et, pour me faire des colliers, dépouil-
laient de leurs graines rouges les arbustes qui croissent par
milliers.

JUSTINE.

Mais... toutes ces attentions avaient bien leur mérite...

MARGUERITE.

Oui. C'était une heureuse existence, et je l'ai souvent re-
grettée...

JUSTINE.

Pour une enfant, c'était bon; mais pour une belle jeune
fille, n'y aurait-il pas eu un côté dangereux?

MARGUERITE.

Non : j'étais *tabou* pour eux.

JUSTINE.

Hein!... comment?

MARGUERITE.

Tabou, cela veut dire sacré, et, dans ce pays-là, on ne
touche jamais aux choses sacrées.

JUSTINE.

Il faut que je retienne ce mot-là pour le placer. (Elle se lève.)
— N'approchez pas, Claude, je suis *tabou!* Mais... j'y pense,
cela dure-t-il longtemps?

MARGUERITE.

Indéfiniment, Justine.

JUSTINE.

Alors... (Elle se rassied.) Si madame voulait continuer?

MARGUERITE.

Ma nourrice, dont la santé était affaiblie depuis longtemps,
devint très-gravement malade et comprit qu'elle allait mourir. Sans perdre de temps, et voulant utiliser pour moi ses
dernières forces, elle se fit conduire à bord d'un vaisseau
français qui était en rade, confia au commandant le secret de
mon sauvetage miraculeux, et lui demanda de me ramener en
France. Il fut touché de son dévouement, et le lui promit.
Elle revint consolée, calme en apparence. Moi, j'ignorais
tout cela. Un matin, une embarcation, arrivée secrètement,
vint la prévenir que le bâtiment mettait à la voile sous trois
jours. « Trois jours! dit-elle avec courage, tout est bien et
Dieu est bon, car je serai morte. » En effet, le soir du second
jour, elle se fit porter sur le rivage, m'embrassa tendrement
en me disant adieu, me recommanda d'obéir au Français qu
venait de la part de ma mère, me dit-elle. Alors, comme si sa
mission eût été achevée, elle leva les yeux au ciel, semblant
en rendre compte à sa maîtresse bien-aimée, puis, les repor-
tant avec angoisse vers le vaisseau qui allait emporter l'enfant qu'elle adorait, elle s'affaissa et rendit le dernier soupir.

JUSTINE.

Pauvre femme!

MARGUERITE.

Noble cœur! Quinze ans se sont écoulés depuis lors, et ce
souvenir est toujours pour moi une douleur poignante. J'ai
fait de la vie un cruel apprentissage; j'ai souffert comme
jeune fille au milieu d'une famille indifférente ; comme
femme... puis je suis devenue veuve. Du reste, je n'ai rien à
t'apprendre, tu as compris mes chagrins, tu m'as aidée
même, car tes soins, ton dévouement ne m'ont pas fait défaut. Je ne l'oublierai jamais, mon enfant.

JUSTINE.

Oh! madame, j'aurais voulu mieux faire, et je demande à
Dieu chaque jour de vous donner la part de bonheur qu'il
vous garde.

MARGUERITE.

J'ai peur qu'il ne me la garde longtemps encore ; mais il
ne faut pas se plaindre : les intérêts s'accumulent.

JUSTINE.

Oh! non! non! moi, je suis pour qu'on touche ses revenus.

MARGUERITE, écoutant.

Mais j'entends des pas dans l'antichambre. Oh! si c'était
une visite! Des fleurs dans les cheveux... des larmes aux
yeux... On me croirait folle! Va, vois ce que c'est. Je n'y suis
pour personne. (Elle sort.)

SCÈNE II

LE VICOMTE, JUSTINE.

LE VICOMTE.

Bonjour, Justine.

JUSTINE.

Monsieur le vicomte, madame est sortie.

LE VICOMTE.

Comment ça? On m'a dit le contraire.

JUSTINE.

Monsieur, on s'est trompé.

LE VICOMTE.

Allons donc, c'est impossible ; c'est toi qui me trompes.
Dis-moi tout de suite que ta maîtresse ne veut pas me recevoir.

JUSTINE.

Mais je vous assure...

LE VICOMTE.

Ma chère enfant, tu ne sais pas mentir.

JUSTINE, haut.

C'est vrai que je mens très-mal, (A part.) surtout quand c'est pour le compte des autres. (Haut.) Eh bien, monsieur... madame n'est pas visible.

LE VICOMTE.

Ah! j'en étais sûr... Quelqu'un est avec elle?... Le marquis de Beau-Séjour, je parie!... Elle l'épouse! Voyons, parle; est-ce que je ne peux plus compter sur toi?

JUSTINE.

Eh! si, monsieur, toujours. Il n'y a rien, absolument rien; seulement; vous êtes arrivé dans un moment d'émotion.

LE VICOMTE.

D'émotion?

JUSTINE.

Oui, madame était en train de me raconter l'histoire de son enfance. C'est très-touchant! allez, monsieur; j'ai bien pleuré... et comme madame avait les yeux rouges, elle s'est sauvée en entendant du bruit.

LE VICOMTE.

Singulier passe-temps! Mais à quel propos?

JUSTINE.

A propos d'un flacon merveilleux que madame possède, un flacon qui fait dire la vérité!

LE VICOMTE.

Où est-il? Montre-le-moi?

JUSTINE.

Oh! monsieur, n'y touchez pas; il fait avouer que l'on aime.

LE VICOMTE.

Eh bien, c'est justement mon affaire. Il va me venir en aide... moi qui depuis deux ans n'ose pas le dire. Mais j'y pense... Peut-on se fier à lui?... Fait-il bien parler les gens, au moins?... N'importe... je me risque, et je l'emporte.

JUSTINE, avec effroi.

Mais, monsieur, que dirait madame?... Non, non... C'est peut-être très-dangereux... Je ne connais pas la dose. Il en faut sans doute très-peu quand on aime.

LE VICOMTE.

Alors, laisse-le-moi respirer un seul instant.

JUSTINE.

Non... non... (D'un air contrarié.) Vous êtes arrivé juste au moment où j'allais avoir des détails.

LE VICOMTE.

Eh bien! ma chère enfant, va vite les chercher... Ils m'intéressent... Je t'attends ici... (Il s'assied.)

JUSTINE.

Mais vous oubliez donc, monsieur, que madame m'a défendu de recevoir personne!... Si elle vous surprenait, je serais grondée. . renvoyée peut-être... Justement, je l'entends qui m'appelle. Je vous en supplie, monsieur, allez-vous-en.

LE VICOMTE.

Non, Justine, il me faut la fin de l'histoire.

JUSTINE.

Je vous la dirai.

LE VICOMTE.

Quand?

JUSTINE.

Tout à l'heure.

LE VICOMTE.

C'est trop tard. (On entend madame de Nangis appelant Justine.)

JUSTINE, avec effroi.

Ah! mon Dieu, je suis perdue... voilà madame!.. Vite, vite, entrez dans la bibliothèque... De là vous entendrez tout. (Elle le pousse vivement vers la porte. Il sort.)

SCÈNE III

MARGUERITE, JUSTINE.

MARGUERITE.

Voilà deux fois que je t'appelle pour m'aider à retirer ces fleurs... Pourquoi ne viens-tu pas ?

JUSTINE, embarrassée.

Madame... je rangeais... je serrais les écrins... (A part.) et le vicomte...

MARGUERITE.

Est-ce qu'il n'est venu personne ?

JUSTINE.

Pardon, madame.

MARGUERITE.

Qui ?

JUSTINE.

M. le vicomte de Trazy.

MARGUERITE.

Et tu l'as renvoyé ?

JUSTINE.

J'ai fait ce que madame m'avait dit.

MARGUERITE.

C'est juste. (A part.) Allons, décidément, je n'ai pas de bonheur, et mes pressentiments me trompaient... Ce n'est pas un bon jour.

JUSTINE, à part.

Je crois qu'on m'aurait pardonné une infraction à ma consigne.

MARGUERITE.

Il n'a rien dit ?

JUSTINE, très-haut, de façon à être entendue du vicomte.

M. le vicomte de Trazy a dit qu'il ne pouvait pas se résigner à ne pas voir madame... qu'il avait à lui parler... et qu'il
allait revenir.

MARGUERITE, avec plaisir.

Ah !

JUSTINE, approchant un fauteuil à sa maîtresse.

Madame en était restée à la mort de sa nourrice...

MARGUERITE.

Tu n'oublies pas le flacon, toi !... Eh bien donc, le soir de
mon départ, je vis venir à moi un vieux prêtre de la tribu...
il portait à la main un objet soigneusement enveloppé... son
visage était grave et triste ... Il se recueillit un instant... et
me parla en ces termes : « Ma fille, l'heure de l'adieu a sonné;
il faut nous séparer; tu vas rejoindre tes frères les blancs :
que Dieu te garde d'eux ! car ce sont, m'a-t-on dit, des hommes au cœur froid. Ils te trouveront belle, te parleront
d'amour... Ne les crois pas trop vite, et essaye sur eux,
d'abord, le philtre que voici. Prends ce flacon; il contient la
liqueur de vérité ! Fais-le respirer aux gens à la parole dorée, entraînante; il produira sur eux une ivresse sûre et rapide.
Tu verras à l'instant leur volonté s'enchaîner, et leurs pensées,
bonnes ou mauvaises, leur échapper et s'envoler bruyamment
comme des oiseaux longtemps captifs. C'est un trésor précieux, mon enfant; conserve-le avec soin; le secret en est
perdu. La plante qui le compose est devenue introuvable;
mais les sauvages ont leurs armes et connaissent leurs enne-
mis; la fille des visages pâles est sans défense, qu'elle emporte le talisman. » Alors il le suspendit à mon cou, et, bai-
sant le bas de ma robe, il me remit aux mains des matelots.
Quelques instants après, j'arrivai à bord. Longtemps je suivis
des yeux la silhouette attachée au rivage, qui me faisait de
la main un dernier signe d'adieu. Bientôt elle fut enveloppée
d'ombre et s'effaça... Un ordre... une manœuvre avait suffi
pour mettre l'immensité entre moi et tout ce que j'avais
aimé !...

JUSTINE.

Mais le flacon vous restait... et je suis sûre que depuis
lors...

MARGUERITE.

Je ne l'ai jamais ouvert.

JUSTINE.

Jamais... encore ! Quel dommage ! Ah ! si pareil cadeau
m'avait été fait, comme je m'en serais servie...

MARGUERITE.

Entre nous, je ne crois guère à sa puissance.

JUSTINE.

Pourquoi la nier ? (Regardant le flacon.) Si ce joujou était mien,
je commencerais par griser tous mes adorateurs.

MARGUERITE.

C'est une idée ; mais avant j'aimerais assez être sûre du
succès. Écoute : (Justine se rapproche.) tu m'es attachée, Justine ?

JUSTINE.

Oh ! comme un terre-neuve, comme l'esclave à son maître,
comme...

MARGUERITE.

Eh bien ! approche ; c'est par toi que je veux commencer.
(Elle lui présente le flacon.)

JUSTINE, se sauvant.

Oh ! non : merci, merci ! J'ai une peur bleue des Peaux-
Rouges. (Elle sort.)

SCÈNE IV

MARGUERITE, pensive.

Déjà une déception. Est-ce qu'elle ne serait pas sûre d'elle ?
Oh si ! j'aime mieux croire qu'elle a le dévouement modeste

3

et... sauvage. (Écoutant.) Qui sonne là ? C'est peut-être le vicomte ; si j'essayais ? Mais d'abord cachons-nous, afin qu'il
ne me voie pas dans ce déploiement de toilette. (Elle sort.)

SCÈNE V

JUSTINE, LE MARQUIS, MARGUERITE.

JUSTINE, annonçant.

M. le marquis de Beau-Séjour.

MARGUERITE, à travers la porte.

Marquis, je vous demande la permission de terminer ma
toilette, et je suis à vous. Vous trouverez sur la table revues
et journaux ; lisez ou chauffez-vous, à votre gré. Vous avez
même le droit de cumuler, si cela peut vous être agréable.

LE MARQUIS.

L'attente d'un bonheur, madame, a son... (Elle coupe la phrase
en refermant brusquement la porte.)

SCÈNE VI

LE MARQUIS, seul.

Allons ! c'est aujourd'hui que je livre ma grande et décisive
bataille ; il en est temps... grand temps même... je commence
à être horriblement gêné ! Le luxe de nabab que j'étale depuis deux ans a singulièrement amoindri mon capital. On
m'écrit de Beau-Séjour que mes murs se lézardent, que mes
tourelles s'affaissent, que mes toitures courent le monde.....
il faut se hâter... Mais je ne regrette rien : il fallait à tout
prix attirer l'attention de la jeune veuve, la subjuguer, la
conquérir... C'est fait... ou à peu près... Cent mille livres de

rente, c'est assez coquet, et mon faste est une excellente spéculation. (Il se frotte les mains.) Je suis décidément un heureux mortel... Voyons, du calme, préparons notre artillerie amoureuse... pointons nos canons... l'ennemi s'avance.

SCÈNE VII

LE MARQUIS, MARGUERITE.

MARGUERITE.

Bonjour, marquis !

LE MARQUIS.

Madame, recevez les hommages du plus humble de vos sujets. Toujours belle ! plus belle encore, si c'est possible.

MARGUERITE.

Toujours galant, je ne dirai pas davantage, c'est impossible. Veuillez vous asseoir.

LE MARQUIS, d'un ton solennel.

Madame...

MARGUERITE.

Quel ton théâtral vous prenez aujourd'hui ! Seriez-vous porteur de fâcheuses nouvelles ?

LE MARQUIS, d'un ton suffisant.

Bien au contraire... mais, si vous le permettez, nous allons traiter une question sérieuse.

MARGUERITE, souriant.

La question d'Orient ?

LE MARQUIS.

Il n'y a pas la moindre politique en cette affaire.

MARGUERITE.

Question d'argent ?

LE MARQUIS, vivement.

Fi donc ! Ce vil métal qu'on aimerait à jeter aux passants,
s'il ne servait à nos plaisirs, peut-il, vous et moi, nous occuper un instant ? Grâce à Dieu, mes théories sont connues à
ce sujet, et mes amis m'appellent le Magnifique... Non, madame, ce n'est pas à une femme comme vous, qui ne peut ni
ne doit s'occuper des intérêts matériels de la vie, que je voudrais parler argent...

MARGUERITE.

Mais je vous assure que...

LE MARQUIS, avec feu.

J'arrive au fait. Madame, il y a trois ans, lorsque je vous
rencontrai dans le monde, je compris sur-le-champ que désormais ma vie était liée à la vôtre ; un seul regard de vous
m'avait enlevé ma force, ma volonté !... Je demeurai donc
sous le charme, comme les pauvres sujets victimes des magné-
tiseurs qu'on endort par curiosité et qu'on oublie de réveiller
par distraction. Mais... un jour... j'appris que vous étiez
libre... Ce bruit m'arriva dans mon château comme la première étincelle d'un feu de joie un jour de réjouissance ; je
partis, suivant cette traînée lumineuse qu'on appelle l'espoir,
laissant derrière moi mes intérêts les plus sérieux, mes
affections d'autrefois... Que m'importait ? Hors vous, tout
m'était indifférent ! Il fallait que je vous visse, que je respi-
rasse le même air que vous !

MARGUERITE.

En vérité, monsieur le marquis, vous m'étonnez; je ne me
doutais pas que...

LE MARQUIS, vivement.

Que de femmes voilées j'ai suivies ! que de voitures j'ai
distancées, pendant deux ans d'un long martyre que je passerai
sous silence ! Et d'ailleurs, de quel droit viendrais-je me faire
plaindre ? Cette souffrance était mon bien, mon bonheur ;
elle me venait de vous, je la bénissais. Puis, arriva un jour,
jour de lumière et de soleil, où il me fut donné de vous voir,
de vous entendre... J'eus l'honneur d'être reçu par vous, et

je vins comme les autres vous entretenir de mille riens, du
dernier concert, de la pièce en vogue, de l'auteur en réputation. Il me fut possible de vous parler de choses indifféren-
tes, moi ! Ah! c'est qu'on est fort quand on défend le bonheur
de toute sa vie ! Mais, aujourd'hui, pour prix de ce long et
douloureux silence, permettez-moi, madame, de vous dire
que je vous aime. et que je mets à vos pieds ma fortune et
mon nom. (Il tombe aux pieds de Marguerite.)

MARGUERITE, le relevant de la main.

Avant de vous répondre, monsieur le marquis, laissez-moi
vous remercier de l'honneur que vous me faites. Quels que
soient les sentiments et les intentions d'une femme, elle doit
toujours être flattée d'être recherchée par un homme tel que
vous.

LE MARQUIS, bas.

Elle a de l'orgueil, je la tiens. (Haut.) Le mariage, vous le
savez, madame, est une chose sérieuse. Il faut non-seulement
qu'il y ait affection réciproque, mais encore conformité de
goûts. Vous êtes jeune et belle, habituée au luxe, aux plaisirs, aux hommages, vous devez aimer le séjour de Paris.
Quant à moi, je ne puis vivre ailleurs : quelques mois d'hiver
en Italie, Monaco en automne, Trouville l'été, voilà la vie que
je mène et la seule que je comprenne.

MARGUERITE, mettant le flacon près de lui.

Vous êtes décidément un homme de goût.

LE MARQUIS.

Cependant il y a des nécessités de position..... Lorsqu'on
est châtelaine, il faut de temps à autre aller recevoir les
hommages de ses vassaux ; mais..... quinze jours passent
vite, puis il y a des détails champêtres assez gentils, les
fêtes de la bienvenue, les fleurs offertes par les jeunes filles,
la première gerbe apportée en triomphe au château par les
moissonneurs aux joyeuses chansons, et enfin, ne fût-ce que
les remercîments, les bénédictions de tous ces braves gens,
pour le bien que vous ferez ou que vous ferez faire par les
soins de votre intendant ou de vos gens. (Il joue avec le flacon.)

MARGUERITE.

Mais, marquis, ce petit tableau est charmant !..... Un vrai décor d'opéra-comique, parfumé au thym ou au serpolet. Je parie que le flacon que vous tenez vous a inspiré cette gracieuse description. En vérité, elle m'apporte toutes les émanations qu'il renferme.

LE MARQUIS, reposant le flacon.

Je ne l'ai pas ouvert, madame.

MARGUERITE, vivement.

Ouvrez-le, ouvrez-le, je vous y autorise.

LE MARQUIS.

Mille grâces, je ne puis souffrir les odeurs.

MARGUERITE.

Vous aimerez celle-là, elle est étrangère.

LE MARQUIS, sentant à peine.

Je la trouve étrange. (Il repose le flacon.)

MARGUERITE, bas.

Il résiste, on dirait qu'il se défend. (Haut.) Je suis étonnée, monsieur, que cette odeur vous laisse si indifférent ; pourtant... rien n'éclaire le passé et n'embaume le présent comme un parfum, qui, venant réveiller le souvenir, vous rapporte une sensation passée. (D'un air piqué.) Ah ! marquis, si l'odorat est bon, la mémoire est mauvaise, et c'est grave.

LE MARQUIS, saisissant avidement le flacon.

Si ce parfum, madame, a été un jour, une heure, porté par vous, je le reconnaîtrai entre tous les parfums de la terre.

MARGUERITE, bas.

Bravo, ma ruse ! (Haut.) Eh bien, marquis, vous ne trouvez pas ?...

LE MARQUIS, d'une voix altérée.

Si fait : je trouve que cela sent très-mauvais. On dirait une vieille momie peu ou point embaumée. Pouah ! (Il repose le flacon.) C'est drôle, je me sens tout étourdi. (Il se lève et essaye de marcher.) Je chancelle comme un homme ivre. (Il se rassied.) J'ai la tête lourde, le souvenir embarrassé. (Cherchant et se frappant le front.) Où donc en étions-nous ?

MARGUERITE, le regardant avec surprise.

Aidons-le. Mais... vous faisiez des projets, je crois.

LE MARQUIS, gaiement.

C'est juste : je disais donc que, le lendemain de mon mariage, je pars pour Beau-Séjour. Là, je dépouille la peau du lion pour mieux en garder la part, et je deviens le gentleman farmer par excellence. Je dégrève ma propriété, je lève les hypothèques, je fais rebâtir mon château ; j'y ajoute une aile, plusieurs ailes : c'est cher ; mais, bast ! avec les cent mille livres de rente de ma femme...

MARGUERITE, atterrée.

Que dit-il ? Quel changement à vue ! Ah ! mon Dieu !

LE MARQUIS.

Puis, on peut faire tant d'économies à la campagne ! la vie n'y coûte rien, et nous n'en bougerons jamais.

MARGUERITE.

Quelle perspective ! Lui qui tout à l'heure... C'est à n'y pas croire... Mais écoutons...

LE MARQUIS.

L'hiver, on se chauffe avec son bois, on vit sur ses conserves, ses haricots secs, ses lards salés ; l'été, on a des fruits, des légumes, du lait, qui devient beurre, galette, fromage ; des œufs, qui deviennent poulets, chapons, dindons, qu'on ne mange pas, mais qu'on vend bel et bien, quand ils sont chers, à la ville.

MARGUERITE, à part.

Pas même gourmand ! Allons ! cet homme est un spécimen de vertus... domestiques. Par ma sainte patronne, je l'ai échappé belle ! Mon brave sauvage, que je te remercie ! Voyons la fin... (Haut.) Mais les voyages que vous aimiez tant... ? l'Italie ?

LE MARQUIS, vivement.

Fi donc, on y étouffe !

MARGUERITE.

Et les bords de la mer ? et Monaco ?

LE MARQUIS.

Malsain pour les joueurs.

MARGUERITE.

Puisque vous ne jouez jamais !

LE MARQUIS.

J'ai joué... je jouerais... si...

MARGUERITE.

Mais enfin Paris, ce Paris tant aimé, sans lequel vous ne pouvez vivre ?

LE MARQUIS, riant.

Vous croyez cela, vous ? Povera ! mais c'est un leurre, un piége à veuve... Si jamais je remets le pied dans cette Babylone, je consens à payer ce que je dois.

MARGUERITE, vivement.

Mais vous êtes donc ?...

LE MARQUIS.

Ruiné, parbleu ! archi-ruiné !.... Sans cela.... Mais c'est-à-dire que si je n'épouse pas, je suis un homme perdu.

MARGUERITE.

Et votre femme, malheureux ?

LE MARQUIS, riant plus fort.

Elle sera ma femme : cet honneur-là devra lui suffire. Et puis, entre nous, on accorde à ces dames beaucoup plus d'importance qu'elles n'en méritent. Quant à moi, je ne comprends que la ménagère, faisant ses confitures, raccommodant ses bas, et allant, comme distraction, et vu la distance, entendre la messe, le dimanche, montée sur son âne.

MARGUERITE.

Oh ! pour le coup, c'est trop fort, et j'ai une envie de le

mettre à la porte... (Il s'affaisse et ferme les yeux.) Bon! il va dormir maintenant ; je déclare que ce ne sera pas chez moi. (Elle le tire par la manche de son habit, puis va à la table et prend un vase dans lequel sont des fleurs, les retire et fait le geste de lui jeter l'eau au visage.) Non, soyons convenable. (Elle trempe le bout de ses doigts et lui lance quelques gouttes.)

LE MARQUIS, se secouant brusquement.

Où suis-je? que s'est-il passé? J'ai dormi?

MARGUERITE.

Oui, et fait un mauvais rêve.

LE MARQUIS.

Ce que je ressens est étrange, mes idées sont confuses..... je crains... Oh! non, c'est impossible !

MARGUERITE.

Il faut sortir... le grand air vous remettra... un tour au bois... une promenade à âne...

LE MARQUIS, bas.

Qu'entends-je? qu'a-t-elle dit là? (Haut.) Madame, je ne comprends pas... il me semble que vous raillez... Je n'ai pas l'habitude de cette monture.

MARGUERITE.

On change ses habitudes aisément, vous verrez; à moins cependant que vous ne vous entendiez mieux à changer celles des autres.

LE MARQUIS, bas.

Il a dû se passer quelque chose d'extraordinaire... elle m'a magnétisé... et j'ai parlé. (Haut, se levant.) En vérité, madame, je ne sais comment expliquer...

MARGUERITE, s'inclinant.

Adieu, monsieur, je ne sais pas faire les confitures; en revanche, je les mange assez agréablement. Vous le voyez, je suis une bien mauvaise ménagère.

LE MARQUIS, épouvanté, sortant à reculons. — Bas.

Tout est perdu ! (Haut, saluant.) Madame, croyez bien... recevez l'assurance... de...

MARGUERITE.

Monsieur, j'ai l'honneur de vous saluer. (Il se dirige vers la porte.) Un dernier souhait avant de nous séparer... (Le marquis se rapproche avec bonheur.) Que vos conserves et vos lards salés vous soient légers ! Adieu ! (Il s'enfuit.)

SCÈNE VIII

MARGUERITE.

J'espère maintenant qu'il va trouver le mot de l'énigme ; cependant j'aime mieux prendre mes précautions. (Elle sonne très-fort.)

SCÈNE IX

JUSTINE, MARGUERITE.

MARGUERITE.

Il ne faut pas que le marquis remette les pieds ici.

JUSTINE.

S'il revient, que lui dire ?

MARGUERITE.

Tout ce que tu voudras.

JUSTINE.

Mais encore ?

MARGUERITE.

Ne lui dis rien, et chasse-le.

JUSTINE, bas.

Je ne suis pas fâchée de la permission. J'ai un faible pour le vicomte. (Elle sort.)

SCÈNE X

MARGUERITE, s'asseyant tristement.

Allons, je commence bien, et c'est encourageant ! J'ai vu
là une scène de comédie habilement jouée, il faut en convenir. Il est vrai que c'était une représentation à *bénéfice*, et
qu'il y déployait tous ses moyens. Quelle assurance de langage ! quelle emphase de sentiment ! Et comme il dit bien
le mensonge!... Est-ce là le monde, la vie? et n'y trouverai-
je jamais que déception ? Mais j'aime mieux les forêts avec
leurs tigres... on leur sait des griffes, au moins, et on en a
peur... Ah ! sauvage, mon ami, peut-être eussiez-vous mieux
fait de garder votre présent ; car si je me sens découragée
et attristée par cette simple blessure d'amour-propre, que
serait-ce, hélas ! si le cœur était en cause ? C'est effrayant à
penser.... Mais on a sonné !.... Cette fois, c'est le vicomte...
Dois-je continuer l'expérience ? Oh ! non, pas aujourd'hui,
j'ai la main malheureuse ; et puis, pour celui-là, je tiens à
douter...

SCÈNE XI

JUSTINE, LE VICOMTE, MARGUERITE.

JUSTINE, annonçant.

Monsieur le vicomte de Trazy. (Bas.) Du courage, du
courage !.....

LE VICOMTE, bas.

J'en aurai.

MARGUERITE.

Bonjour, vicomte. Comment va madame votre mère ?

JUSTINE, bas.

Bon, il a sa glace, il ne dira rien encore.

LE VICOMTE.

A merveille, madame, merci.

MARGUERITE.

Venez vous asseoir, et dites-moi quelque nouvelle.

LE VICOMTE.

Tout ce que je sais, madame, tout ce que je pourrais vous dire, est vieux de date et ne vous amuserait pas.

MARGUERITE.

Qui sait? (Voyant l'air heureux du vicomte.) Au fait, vous avez raison, si c'est historique surtout. Alors, dites autre chose... n'importe quoi, un rien, une médisance. Vous n'en savez pas? faites-en. Vous ne voulez pas? eh bien! contez-moi un conte.

LE VICOMTE.

Je n'en sais plus.

MARGUERITE.

Inventez-en un : cela n'est pas difficile; mais qu'il soit bien noir, bien fantastique, qu'il me réveille, enfin; car je suis, pour le moment, dans une disposition d'esprit très-fâcheuse.

LE VICOMTE.

J'aimerais mieux vous dire une histoire.

MARGUERITE.

Accordé.

LE VICOMTE.

Il était une fois...

MARGUERITE, l'interrompant.

J'adore le commencement; il me rappelle mon enfance.

Vous souvient-il de quelque bonne vieille
Dont les récits ont charmé votre veille ;
Mie ou grand'mère à la tremblante voix?

Le nez en l'air, serré près de sa chaise,
Vous souvient-il d'avoir tressailli d'aise
A ce début : Il était une fois...

LE VICOMTE.

Mon histoire, assurément, n'aura pas le même charme que
ces vers, mais votre bonté m'encourage. Il était une fois une
jeune et charmante femme.....

MARGUERITE, bas.

Tiens... tiens... (Haut.) Était-elle bonne ?

LE VICOMTE.

Je le crois.

MARGUERITE.

Vous n'en êtes pas sûr ?

LE VICOMTE.

Pas assez.

MARGUERITE.

Alors, c'est qu'elle ne l'était pas.

LE VICOMTE.

J'espère toujours qu'elle le deviendra.

MARGUERITE.

Oh ! cela ne vient pas. (Bas.) On dirait que la situation se
dessine.

LE VICOMTE, tristement.

Vraiment ?

MARGUERITE.

Qu'importe ! allez toujours.

LE VICOMTE, distrait.

Il y avait un beau jeune homme... Oh ! non !... Je ne sais
plus ce que je dis... pas beau.

MARGUERITE.

Pas beau, tant pis ! vous n'allez pas mener votre histoi
bien.

LE VICOMTE, vivement.

La beauté est-elle donc une condition de succès ?

MARGUERITE.

Indispensable... Mais allez...

LE VICOMTE, tristement.

Je ne sais plus.

MARGUERITE.

Allons, il faut avouer que vous êtes aujourd'hui aussi capricieux qu'inconséquent... Comment, vous tenez à ce que le monsieur soit laid, et vous voulez que la dame soit bonne? Mais... c'est tout simplement impossible... (Elle rit.)

LE VICOMTE, sérieux.

Madame, vous m'avez demandé une histoire, je vous ai obéi, et vous vous faites un méchant plaisir de m'interrompre. C'est mal, car elle est difficile.

MARGUERITE.

Vous l'inventez?

LE VICOMTE.

Non, je la dis.

MARGUERITE.

Alors, je vous demande pardon, et je ne le ferai plus... Permettez-moi seulement de chercher mon vinaigre anglais, car j'ai très-mal à la tête. (Elle se lève et va à son secrétaire. Pendant ce temps, il cherche sur la cheminée et aperçoit le flacon indien qui y est suspendu.

LE VICOMTE, à part.

Si j'osais... Justine ne me trahira pas!

MARGUERITE, à part.

Il va parler, je le sens; j'essaye de faire de l'esprit, et mon cœur bat à se rompre... Du calme... qu'il ne devine pas mon trouble... Il m'a fait attendre... il est juste qu'à son tour... (Haut et fouillant le tiroir.) Mais où est donc ce vinaigre? Vicomte, regardez donc, je vous prie, s'il n'est pas sur le revers de la cheminée? Un flacon de sels anglais enfermé dans un étui de maroquin, vous savez?

LE VICOMTE, se frappant le front.

Je n'ose pas... Ah! tant pis! c'est une circonstance providentielle. (Il change les flacons, et met le flacon indien dans l'étui de l'autre. Il s'approche d'elle, et le lui rend fermé.) Le voici, madame.

MARGUERITE, s'asseyant.

Et maintenant, vicomte, je suis tout oreilles. Je me recueille en fermant les yeux, (Riant.) la bouche surtout, je vous le promets.

LE VICOMTE, balbutiant.

Il était une fois... un pauvre garçon, qui se mourait d'amour pour une jeune et charmante femme... (Marguerite respire avidement le flacon.) Mais il était très-timide ; elle était fort indifférente... deux raisons qui lui firent garder soigneusement son secret ; il souffrit donc en silence, et n'osa jamais soulever devant elle le voile qui cachait son cœur.

MARGUERITE.

Il avait tort.

LE VICOMTE.

Vrai ?

MARGUERITE.

Mais sûrement... Elle ne peut... la première, lui faire l'aveu de son... (Elle s'aperçoit de la substitution.) Malheureux ! qu'avez-vous fait? Vous vous êtes trompé ! ce n'est pas mon flacon, c'est l'autre ! Oh ! mais si c'est un piége, il est odieux !

LE VICOMTE, vivement.

Oui, vous avez raison. Mais je souffrais tant, et depuis si longtemps!... Cette incertitude est un affreux tourment, et je lui préfère la vérité, si douloureuse qu'elle soit. Ainsi, parlez, parlez, je vous en conjure !

MARGUERITE.

C'est impossible.

LE VICOMTE.

Je vous le demande à genoux.

MARGUERITE.

Jamais !

LE VICOMTE.

Je vous en prie... Je le veux...

MARGUERITE, faiblissant.

Moi vous dire!... mais quoi?

LE VICOMTE.

Tout ce que vous avez dans la tête et dans le cœur.

MARGUERITE.

Je ne sais... je ne pense à rien... Vous êtes là... je vous vois... j'ai du plaisir à vous...

LE VICOMTE.

Plus de ces phrases froides et banales que le monde vous a apprises, mais la vérité avec son simple langage. De grâce, madame! pour un instant, faites taire votre esprit et laissez parler votre cœur.

MARGUERITE.

Mais il est des choses qu'on ne peut... qu'on ne doit...

LE VICOMTE.

Par pitié, Marguerite, un mot, un seul!

MARGUERITE.

Eh bien, oui!

LE VICOMTE.

Achevez! achevez!

MARGUERITE.

Eh bien! oui, je vous aime! (Elle ferme les yeux et s'affaisse.)

LE VICOMTE.

Il se pourrait? Répétez-le! parlez, parlez encore... parlez toujours... C'était donc vrai?

SCÈNE XII

MARGUERITE, LE VICOMTE, JUSTINE.

LE VICOMTE, à Justine, qui entre.

Viens, accours ; elle m'aime, elle me l'a dit !

JUSTINE.

Elle ?... Alors je n'y crois plus...

LE VICOMTE.

Pourquoi cela ? explique-toi.

JUSTINE.

Elle ne dit jamais...

LE VICOMTE.

Je ne l'ai pas rêvé, cependant.

JUSTINE.

C'était elle qui rêvait... Voyez, elle dort... (Ils s'approchent tous deux et regardent Marguerite qui dort.)

LE VICOMTE.

Tu m'effrayes !... Mais non, c'est impossible... J'y veux croire ; elle l'a si bien dit, avec une voix... Mais si cela n'é-tait pas vrai, il faudrait mourir !

JUSTINE.

Je comprends... ce serait très-désagréable... mais ces diables de Peaux-Rouges font parfois des plaisanteries de bien mauvais goût... Voilà qu'elle s'éveille... chut ! (Le vicomte s'é-carte.)

MARGUERITE, ouvrant les yeux et portant la main à sa tête.

C'est étrange ! j'ai la tête toute légère, on dirait un bouquet de plumes !.. C'est bien la mienne pourtant. (Elle regarde, aperçoi Justine.) Tiens, Justine ! Je n'ai pas sonné. (Riant.) Que vient faire votre zèle ? (Elle se retourne et aperçoit le vicomte.) Lui ici ! Il me semble... Oh ! non, je me trompe ! Mais oui, je me sou-

4

viens ! (Elle se lève précipitamment, court à la cheminée : le flacon a disparu. Elle retombe et cache sa tête dans sa main.) Je comprends tout ! Justine m'a trahie... et à mon tour... j'ai dit mon secret... Oh ! que je souffre ! Allons, du courage ! (Elle se lève. A Justine.) Je ne vous ferai pas de reproches, mademoiselle, et pourtant vous m'avez vendu cher votre prétendu dévouement. A partir de ce soir...

JUSTINE, pleurant.

Pardonnez-moi, madame, je me suis trompée... mais je croyais bien faire...

MARGUERITE, au vicomte.

Monsieur le vicomte, ce que vous avez fait là est mal ; je cherche en vain dans votre conduite les façons d'agir d'un gentilhomme. (Saluant.) Veuillez recevoir mes adieux. (Elle s'éloigne.)

LE VICOMTE.

Quoi ! madame, vous me laissez ainsi ? Tout est-il donc fini, et n'ai-je entrevu le bonheur que pour le perdre sans ressource ? Ah ! vous êtes cruelle ! Que puis-je faire pour expier ma faute ? Dites. Voyez, je ne redoute aucune épreuve, moi ! (Il s'empare du flacon, fait le geste de le respirer et s'arrête.) Mais, pourquoi?.. La vérité, je n'oserais même plus vous la dire. Seulement, sachez, oh ! sachez bien que vous brisez un cœur qui est tout à vous.

MARGUERITE, revenant.

C'est donc moi qui ai tort, puisque je fais souffrir ceux qui m'aiment ? Allons ! pas de fausse honte. Faisons taire notre orgueil... j'ai le bonheur sous la main... (A Justine qui pleure.) Justine, je te pardonne. (Justine sanglote plus fort.) Voyons, mon enfant, console-toi, je ne t'en veux plus... (Bas.) Je te promets même de te remercier tout à l'heure, mais... pas devant lui.

LE VICOMTE.

Et moi, madame, moi le grand coupable, serai-je aussi pardonné ?

MARGUERITE.

Il le faut bien.

LE VICOMTE.

Oh! mais complétement, sans arrière-pensée... et surtout sans réserves. Laissez-moi vous le demander à genoux. (Il se met à ses genoux)

MARGUERITE, le relevant vivement.

Non, c'est inutile... (Avec tendresse et lui tendant la main.) Armand, je ne rêvais pas.

UN MAUVAIS JOUR

QUI FINIT BIEN

PROVERBE

4.

PERSONNAGES

MADAME LA VICOMTESSE DE PRASLES,	27 ans.
MADAME DE PUISIEUX,	30 ans.
M. LE COMTE DE QUINCY,	55 ans.
M. ROCHERAN,	65 ans.
M. RENÉ DE LANDRY,	38 ans.
M. MAURICE DE BRAY,	35 ans.
JEAN, domestique.	

UN MAUVAIS JOUR

QUI FINIT BIEN

La scène se passe à Paris, dans le salon de madame de Prasles, au coin du feu, un lundi de décembre. — Au lever du rideau, Jean, armé d'un plumeau, range et achève l'appartement. — Madame de Prasles entre par une porte latérale.

SCÈNE PREMIÈRE

MADAME DE PRASLES, JEAN.

MADAME DE PRASLES.

Jean, les fleurs de cette jardinière ont-elles été renouvelées?

JEAN.

Oui, madame.

MADAME DE PRASLES.

Et les bruyères des vases?

JEAN.

Oui, madame.

MADAME DE PRASLES, apercevant un bouquet sur la table.

D'où vient ce bouquet?

JEAN.

Je ne sais pas, madame, c'est un commissionnaire qui l'a apporté.

MADAME DE PRASLES.

De la part de qui ?

JEAN.

Il n'a rien dit.

MADAME DE PRASLES.

Il n'a pas remis de carte ?

JEAN.

Non, madame.

MADAME DE PRASLES.

Il n'y avait pas un nom sur le papier qui l'enveloppait ?

JEAN.

Rien, madame.

MADAME DE PRASLES, à part.

Et il l'a reçu, installé, sans façon... à son aise... le pied dans l'eau.

JEAN, embarrassé.

Mais, madame... je croyais...

MADAME DE PRASLES.

Vous aviez tort ! emportez-le et mettez-le...

JEAN.

Où, madame ?

MADAME DE PRASLES.

Où vous voudrez.

JEAN, à part.

Où pourrai-je bien vouloir le mettre ?... il est très-encombrant !... Et dire qu'il y a des gens qui dépensent vingt francs pour ennuyer les maîtres et embarrasser les domestiques !
(Il sort.)

SCÈNE II

MADAME DE PRASLES, puis LE COMTE DE QUINCY.

MADAME DE PRASLES, seule.

Je ne vois pas où les hommes d'aujourd'hui ont appris à vivre ! Ils envoient un bouquet à une femme sans s'inquiéter s'il lui plaît de le recevoir, et sans même lui laisser le moyen de le refuser. (Elle va à la fenêtre.) Qu'il fait beau ! et qu'une promenade au Bois serait agréable par cette belle gelée ! Mais c'est impossible ! il faut se soumettre à cet usage barbare qui s'intitule : Mon jour, lequel, en dépit des projets du soleil, vous cloue à domicile, bon gré mal gré... Et dire que je n'ai jamais envie de sortir que ce jour-là... le jour défendu !... (On sonne.) Quelqu'un déjà ! Il est bien tôt... Sans doute un fournisseur ou un ennuyeux... ceux-là ne se font jamais attendre.

JEAN, annonçant.

M. le comte de Quincy. (Madame de Prasles va à lui et lui tend la main.)

SCÈNE III

MADAME DE PRASLES, LE COMTE DE QUINCY.

MADAME DE PRASLES.

Comment, c'est vous, cher comte? Mais je ne vous savais pas de retour.

LE COMTE.

J'arrive, chère madame... et je n'ai pas voulu passer devant votre porte sans venir y frapper.

MADAME DE PRASLES.

Je suis ravie de vous voir... J'étais en train de médire de mes jours, vous me raccommodez avec celui-ci. Voyons, asseyez-vous et racontez-moi ce que vous avez fait cet été?

LE COMTE.

Oh! rien qui vaille la peine de vous être dit. Je me suis adonné spécialement à mes travaux de culture, de drainage, j'ai fait des élèves superbes! (Se frottant les mains.) J'ai obtenu des empâtements magnifiques! fabuleux!

MADAME DE PRASLES.

Mais, au fait, je l'ai entendu dire : n'avez-vous pas eu un animal très-laid, couronné glorieusement?

LE COMTÉ.

Oui, oui... Je n'osais pas parler devant vous de ce vainqueur... gras!

MADAME DE PRASLES.

Allez, allez, je compatis aux faiblesses de mes amis.

LE COMTE.

Oui, mais vos amis préfèrent vous écouter, car c'est vous, charmante voyageuse, qui devez avoir mille choses à leur dire.

MADAME DE PRASLES.

Moi? non! Je ne me souviens plus.

LE COMTE.

Pas même des malheureux que vous faites?

MADAME DE PRASLES.

Surtout!

LE COMTE.

Je nie le fait... Rien n'étant féroce comme une jolie femme, les victimes se comptent avec un certain plaisir... Voyons, combien de morts, de blessés?

MADAME DE PRASLES.

Quelle plaisanterie!

LE COMTE.

Comment ! il n'y a pas eu le plus petit engagement ? pas la plus légère escarmouche ?

MADAME DE PRASLES.

Pas la moindre.

LE COMTE.

Tant pis, alors, car si vous vous rouillez la main, le premier adversaire sérieux deviendra le vainqueur.

MADAME DE PRASLES.

Y a-t-il de par le monde des adversaires sérieux ? Voilà la question.

LE COMTE.

Je l'espère bien, pour le sexe faible.

MADAME DE PRASLES.

Malhonnête !

LE COMTE.

Permettez... c'est du nôtre que je parle... Je lui rends la triste justice qui lui est due ! hélas ! Et alors, vous croyez vraiment, comme le philosophe, qu'on peut se promener longtemps... avec ou sans lumière... sans rencontrer un aimable jeune homme ? comment ! vrai ? nous sommes si clair-semés que ça ?...

MADAME DE PRASLES.

Oh oui ! J'ai trouvé sur mon chemin une foule de beaux jeunes gens, taillés sur un seul et même patron... signé par le tailleur à la mode... dont l'enthousiasme se révèle, dit-on, à la Maison Dorée ou sur le turf, et qui se passionnent aisément pour le cheval qui leur fera gagner vingt-cinq louis, ou la femme qui les leur a fait perdre Mais un homme sérieux, un homme comprenant son mandat en ce monde, et le remplissant avec cœur et dignité, ceux là, mon ami, sont rares... c'est la pierre philosophale de notre époque.

LE COMTE.

Vous êtes sévère.

MADAME DE PRASLES.

Mon Dieu non! Je n'ai pas eu la main heureuse... voilà
tout. Mais, pour ma part, j'avoue que jamais encore... si
fait, je me trompe : — Il y a un an, chez une de mes amies,
j'ai rencontré un jeune homme qui m'a paru justifier toutes
les exigences de mon programme... Je l'ai peu vu... et cependant... j'ai pu constater une foule de belles et bonnes qualités, de la dignité sans orgueil, de l'honneur sans réserves
et du cœur sans respect humain... Il avait perdu sa mère et
il la pleurait... mais c'était bien loin d'ici, car à Paris ce
serait presque ridicule, n'est-ce pas? Qui est-ce qui pleure les
siens? C'est mal porté, c'est bourgeois... cela se fait aux con-
vois de sixième classe.

LE COMTE.

Vous étiez sévère tout à l'heure, maintenant vous voilà
cruelle... Mais quel feu, quel enthousiasme pour ce bel
inconnu!

MADAME DE PRASLES

Je le puis sans crainte... nous ne nous reverrons pas.

LE COMTE.

En êtes-vous bien sûre?.. Eh! mais... peut-être est-il
devenu la cause de ce dédain superbe dans lequel vous
enveloppez l'espèce humaine?

MADAME DE PRASLES.

Nullement.

LE COMTE.

Et ce charmant petit cœur est toujours libre?

MADAME DE PRASLES.

Toujours.

LE COMTE.

Il n'a pas rapporté quelque léger souvenir de son voyage?

MADAME DE PRASLES.

Comment! après la déclaration que je viens de vous faire
sur les gens que je coudoie, vous croyez que je l'emmène

avec moi? Allons donc! On n'expose pas ainsi sur les grands chemins ce qu'on a de plus précieux, monsieur. Je le laisse avec mes bijoux, mes portraits de famille et.... mes actions de chemin fer.

LE COMTE.

C'est un capital perdu.

MADAME DE PRASLES.

Perdu! oh! j'espère bien que non... mais qui attend un placement sûr.

LE COMTE.

C'est égal, cela me fait de la peine de vous voir passer les plus belles années de votre vie entre votre tante sourde, capricieuse et son frère goutteux, asthmatique!

MADAME DE PRASLES.

Bah! cela me sera compté là-haut! et, un jour ou l'autre, Dieu s'occupera de moi. Il ne s'agit que d'avoir de la patience.. chacun vient à son tour.

LE COMTE.

Oui, mais il faut que vous passiez au choix.

MADAME DE PRASLES.

Oh! sûrement, ce conseil est plein de sagesse! car, dans notre carrière, les chances diminuent en raison de l'ancienneté.

LE COMTE, entendant sonner la pendule, se lève.

Trois heures.

MADAME DE PRASLES.

Vous me quittez déjà?

LE COMTE.

J'ai un rendez-vous.

MADAME DE PRASLES.

Belle raison! vous le manquerez! (Elle le force à se rasseoir.) Restez donc; vous ne m'avez rien dit encore... pas la plus petite nouvelle.

5

LE COMTE.

Mais je n'ai vu personne ; je ne sais quoi que ce soit, si ce n'est pourtant l'incroyable histoire des Italiens... samedi.

MADAME DE PRASLES.

Quoi donc ?

LE COMTE.

Oh ! vous voulez faire de la discrétion.

MADAME DE PRASLES.

Non, je vous assure.

LE COMTE.

Vraiment ? Mais, pendant la représentation, il y a eu un incident étonnant. Vous connaissez madame de Puisieux, n'est-ce pas ?

MADAME DE PRASLES.

Oui, je la rencontre dans le monde, et nous échangeons une visite au 1er janvier.

LE COMTE.

Vous devez savoir que le beau René de Landry est son.... ami.

MADAME DE PRASLES.

Je l'ai ouï dire ! (On ouvre la porte. — Avec ennui.) Quelqu'un ? (Voyant Jean.) Non... ce n'est rien !

SCÈNE IV

LES MÊMES, JEAN, apportant une lettre.

MADAME DE PRASLES, la prenant et lisant la suscription.

De Vienne ! à cette heure... Comment cela se fait-il ? (Au comte.) Vous permettez ?

LE COMTE, s'inclinant.

Comment donc !

MADAME DE PRASLES, lisant avec émotion et bonheur.

En vérité... (Puis froissant la lettre.) Ah mon Dieu! quel contre-temps!

LE COMTE.

Il vous arrive quelque malheur, chère madame?

MADAME DE PRASLES.

Oh! non... seulement, je suis un peu contrariée. (A part.) Si cette lettre m'avait été remise ce matin, j'aurais fait en sorte... Mais à présent... (Elle relit la lettre.) C'est bien aujourd'hui lundi 13, n'est-ce pas?

LE COMTE.

Oui!

MADAME DE PRASLES, mettant la lettre dans sa poche.

Je vous demande mille pardons, cher comte, d'avoir parcouru cette lettre.

LE COMTE, à part ironiquement.

Parcouru!

MADAME DE PRASLES.

Elle me vient d'une amie intime. Il est question d'une affaire importante, pressée même... Je ne sais comment je vais faire..... (Regardant la pendule.) Tout à l'heure j'aurai du monde.

LE COMTE, à part.

On veut me renvoyer... (Il se lève.)

MADAME DE PRASLES.

Comment! vous voilà parti?

LE COMTE, hésitant.

Oui... je crains...

MADAME DE PRASLES.

Oh! par exemple!.. Vous cherchez votre chapeau? Là... près de vous... sur la table. (Elle le lui indique.)

LE COMTE.

Et alors, je vous dis adieu, chère madame... à moins que

vous ne vouliez absolument que je vous raconte l'histoire des Italiens...

MADAME DE PRASLES.

Moi?... Oh! pas du tout; je serais aux regrets de vous faire manquer un rendez-vous sérieux au profit d'une curiosité ridicule... Allez, allez, je vous en prie... vous me direz cela un autre jour.

LE COMTE, avec malice.

Si vous y tenez le moins du monde, je reste.

MADAME DE PRASLES.

J'en serais désolée !

LE COMTE.

Ah! voilà ce que je voulais vous faire dire ; et maintenant je me sauve.

MADAME DE PRASLES.

Sans me donner la main ? (Le comte lui baise la main et sort.)

SCÈNE V

MADAME DE PRASLES, seule.

Le voilà parti ! je respire pour quelques secondes... Relisons la lettre de Jeanne... j'étais si troublée tout à l'heure ! (Lisant.) « Chère amie, ouvre ma lettre avec calme, lis-moi avec » recueillement, il s'agit d'une chose sérieuse. » (Parlé.) Oui, tu tombes bien ! (Lisant.) « Te souvient-il d'avoir vu, pendant » ton séjour à Vienne, un jeune secrétaire d'ambassade nommé » Maurice de Bray; grand, mince, brun, distingué, doué de » toutes les qualités solides et brillantes du cœur et de l'es- » prit, orné d'une charmante figure, ce qui ne gâte rien... en » un mot, le prince Charmant des contes des fées, ou plutôt » un héros de roman bien écrit ?

» Je me suis souvent dit que celle qu'il aimerait serait heu-

» reuse entre toutes... Eh bien! cette femme... comprends-tu
» ma joie? Cette femme c'est toi... Comment cela s'est-il fait?
» je n'en sais rien; vous en avez le secret, charmeresse!

» Mon mari, qui depuis longtemps est son ami, a été à cette
» ocasion décoré de l'ordre de la Confiance, et je lui dois
» cette justice de dire qu'il a fait de son mieux pour rester
» discret... deux jours... Mais il dépérissait et serait tombé
» malade, si je ne m'étais empressée de venir à son secours.
» Oui, ma chère, il s'enfermait chez lui des heures entières;
» puis, par moments, il me regardait fixement et ses yeux
» semblaient me dire : Mais vous ne voyez donc pas que je
» vous cache quelque chose? mais demandez-moi donc mon
» secret. Moi, qui sais mon seigneur et maître par cœur, j'ai
» affecté une profonde indifférence... C'était le coup de grâce;
» il n'y a pas résisté... et voilà comment je sais tout.

» J'ai promis de ne rien révéler, et naturellement je t'écris
» en toute hâte, car il faut que tu sois prévenue.

» M. de Bray veut te voir, juger de tes goûts et essayer de
» comprendre s'il a, près de toi, quelque chance de succès.
» Or donc, il part ce soir, sera à Paris dimanche, et lundi 13...
» il ira mettre à tes pieds ses hommages les plus empressés,
» mais en apparence les plus indifférents.

» Prépare-lui donc un tête-à-tête agréable, fais renouveler
» les fleurs, soigne le cadre, et surtout, promets-moi d'être
» jolie ce jour-là... » (Parlé.) Ce jour-là! malhonnête! (Lisant.)
« Ah! tu me trouves malhonnête, je vois cela d'ici... » (Parlé.)
Tiens! elle a deviné! (Lisant.) « Ne te coiffe pas trop sur les
» yeux, aie vingt ans. (Elle repousse un peu ses cheveux.) Sois sim-
» plement arrangée. (Elle regarde sa toilette du haut en bas.) Enfin,
» ne mets pas de bagues, ni de bracelets tapageurs, rien de
» ce qui indique une première corbeille... Ces présents tien-
» nent à un passé généralement désagréable au futur. » (Elle
ôte ses bagues et ses bracelets. — Parlé.) C'est possible! (Écoutant.)
On a sonné, il me semble. (Elle met la lettre dans sa poche.) Maudit lundi! Il va tomber au milieu de dix visites... pas moyen
d'échanger un mot à travers les banalités de tous ces indifférents. (Réfléchissant.) Si je fermais ma porte... pour les autres?..

Mais quel prétexte pour ce coup d'État? et les domestiques ?
Non ce n'est pas possible, il faut se résigner.

JEAN, annonçant.

Madame de Puisieux !

SCÈNE VI

MADAME DE PRASLES, MADAME DE PUISIEUX.

MADAME DE PRASLES, à elle-même.

Elle ici ?... c'est étrange ! Et cette histoire inachevée du
comte de Quincy... Nous verrons bien...

MADAME DE PUISIEUX.

Bonjour, chère madame.

MADAME DE PRASLES, saluant cérémonieusement.

Madame !... (Lui montrant un fauteuil.) Est-ce qu'il y a longtemps,
madame, que vous êtes rentrée à Paris ?

MADAME DE PUISIEUX.

Quinze jours à peine, madame, et vous êtes une des premières personnes que j'aie voulu voir.

MADAME DE PRASLES.

Bien reconnaissante !

MADAME DE PUISIEUX.

Ne m'en remerciez pas, c'est de l'égoïsme... J'ai pour vous
une grande sympathie.

MADAME DE PRASLES.

Oh ! madame !

MADAME DE PUISIEUX.

Une profonde admiration... Je le disais l'autre jour à une

de mes amies : Pas une femme ne s'habille comme madame de Prasles.

MADAME DE PRASLES.

Je répéterai le compliment à ma couturière, elle en sera bien flattée !

MADAME DE PUISIEUX, à part.

Pimbêche !

MADAME DE PRASLES.

N'est-ce pas à Aix que vous avez passé l'été, madame ?

MADAME DE PUISIEUX.

Oui, madame, une partie.

MADAME DE PRASLES.

Avez-vous eu une saison agréable ?

MADAME DE PUISIEUX.

Oui et non... Le temps a été superbe, les plaisirs nombreux, mais la société était très-mêlée ; toutes les femmes à réputation douteuse s'y étaient donné rendez-vous.

MADAME DE PRASLES.

Ce n'est gênant que lorsqu'on les connaît.

MADAME DE PUISIEUX.

Nous avons assisté aux dernières menées de madame Derangeac, qui vient de faire épouser sa fille à un prince russe qui ne la quitte pas... M. Dreck... le nom m'échappe, mais vous savez... l'ami de la maison.

MADAME DE PRASLES.

Comment ! vraiment, on l'a accepté avec cette différence d'âge ?... Mais il serait son père !

MADAME DE PUISIEUX.

Il paraît qu'il ne l'est pas.

MADAME DE PRASLES.

Mais, madame, je n'ai pas eu l'intention... (A part.) Elle est affreusement méchante !

MADAME DE PUISIEUX.

J'ai rencontré là aussi plusieurs de vos adorateurs.

MADAME DE PRASLES.

Je n'ai pas d'adorateurs, madame.

MADAME DE PUISIEUX.

Des amis dévoués... nous les appellerons comme vous voudrez. — Nous avons souvent parlé de vous, et ils m'ont reproché de ne pas venir vous voir plus souvent. Le conseil m'a été agréable. et facile à suivre... Aussi, aujourd'hui, je vais, si vous le permettez, vous aider à recevoir vos ennuyeux. (Madame de Prasles s'incline. Madame de Puisieux prenant un album de photographie.) On peut voir?

MADAME DE PRASLES.

Certainement! (A part.) Elle s'installe!... A quel moyen recourir pour la faire partir? Si je lui demandais la fin de l'histoire du comte de Quincy?... C'est une idée... Non! pas de méchanceté, cela me porterait malheur.

MADAME DE PUISIEUX.

M. de Landry! il est très-flatté.

MADAME DE PRASLES.

J'avais trouvé le contraire.

MADAME DE PUISIEUX.

Il est loin d'être aussi bien que cela.

MADAME DE PRASLES, à part.

Décidément il est son... ami. Mais, j'y pense, le bouquet anonyme vient peut-être de M. de Bray, et moi qui l'ai si mal reçu! (Haut.) Vous permettez, madame, que je donne un ordre?

MADAME DE PUISIEUX.

Certainement.

MADAME DE PRASLES sonne, Jean entre.

Jean, apportez ici, sur cette table, le bouquet; vous savez?...

JEAN sort et rentre de suite avec le bouquet. — A part.

Il paraît que ses actions remontent! (Il sort.)

MADAME DE PUISIEUX.

Oh! les ravissantes fleurs! Qui est-ce donc qui vous gâte ainsi?

MADAME DE PRASLES, hésitant.

Ma fleuriste.

MADAME DE PUISIEUX, à part.

Elle a rougi, elle ment; d'ailleurs, j'ai reconnu la facture Landry. (On sonne au dehors, madame de Prasles agitée se lève précipitamment, puis se rassied.)

JEAN, annonçant.

M. Rocheran.

SCÈNE VII

Les Mêmes, ROCHERAN.

MADAME DE PRASLES, à part.

Ah! tant mieux! ce n'est pas lui! (Elle se lève.)

ROCHERAN, à madame de Prasles.

Madame, je suis bien le vôtre! (Il salue.)

MADAME DE PRASLES, lui indiquant un fauteuil.

Bonjour, monsieur.

ROCHERAN, à part, s'inclinant devant madame de Puisieux.

Jolie femme! (Il s'assied; à madame de Prasles.) Avez-vous, madame, été contente de votre voyage?

MADAME DE PRASLES.

Ravie, monsieur. — Ah çà! savez-vous que vous êtes étonnant, monsieur Rocheran? Je vous trouve rajeuni, ma parole!

5.

ROCHERAN.

Cela ne me surprend pas, madame ; j'ai toujours été assez
vert, mais, depuis ma saison d'eaux surtout, je me porte
comme un pont.

MADAME DE PRASLES.

Tant mieux !

ROCHERAN.

Plaît-il ?

MADAME DE PRASLES.

J'ai dit : tant mieux !

ROCHERAN.

C'est que, voyez-vous, cet été, à Bruges, je suis devenu un
peu sourd.

MADAME DE PRASLES.

Bah! c'était pour ne pas entendre le carillon.

MADAME DE PUISIEUX.

C'est de l'à-propos du moins.

ROCHERAN.

Mon Dieu ! non ; c'est la suite de mes affreuses migraines ;
car j'ai toujours la migraine. Je suis sûr qu'en moyenne je
passe un jour sur trois dans mon lit.

MADAME DE PRASLES.

Vraiment !

MADAME DE PUISIEUX, à part.

Belle santé !

ROCHERAN.

Ah dame ! il faut vivre avec ses petits ennuis... j'ai des com-
pensations... je suis plus content de ma goutte.

MADAME DE PRASLES.

Dites-moi, avez-vous retrouvé à Luchon ces Anglais...
vous savez...?

ROCHERAN.

Je ne les ai pas vus... Après cela, je suis si myope !

MADAME DE PRASLES.

Mais je vous parle de cette famille avec laquelle nous avons
fait plusieurs parties... vous vous souvenez bien?...

ROCHERAN.

Ah!... oui... oui! — Je ne me remets pas du tout... Au
reste, depuis ma dernière maladie... j'ai complétement perdu
la mémoire.

MADAME DE PUISIEUX.

Mais on n'en a plus aujourd'hui, monsieur! La mémoire,
c'est l'esprit des autres! (A part.) Déraisonnons aimablement
pour séduire ce septuagénaire. (Elle laisse tomber son mouchoir.)

ROCHERAN se baisse pour le relever.

Permettez, madame! (Il s'arrête.) Aïe! ma sciatique!

MADAME DE PUISIEUX, relevant son mouchoir, à part.

Hein! quel pont!

JEAN, annonçant.

M. de Bray.

SCÈNE VIII

LES MÊMES, DE BRAY.

DE BRAY, saluant madame de Prasles.

Permettez-moi, madame, d'aider vos souvenirs et de vous
rappeler que j'ai eu l'honneur de vous être présenté, l'année
dernière, à Vienne, par M. de Maleville, un de mes amis, qui
est assez heureux pour se compter au nombre des vôtres.

MADAME DE PRASLES.

Je me souviens très-bien, monsieur ; soyez le bienvenu.
(Elle lui indique un siége.) Il y a longtemps que vous êtes arrivé à
Paris?

DE BRAY.

Hier seulement.

MADAME DE PRASLES.

Nos amis communs allaient bien quand vous les avez quittés?

DE BRAY.

Très-bien. Madame de Maleville est toujours adorablement bonne et charmante; André, le plus heureux des maris: c'est à rendre jaloux les célibataires passés, présents et futurs.

MADAME DE PRASLES.

Quel mauvais sentiment!

DE BRAY.

Hélas! je le confesse; je n'ai jamais rien envié en ce monde que le bonheur des gens qui s'aiment; mais je l'envie cordialement. Que voulez-vous? c'est l'éternelle histoire de Tantale... Tantale devait être célibataire.

ROCHERAN.

Oui, seulement l'histoire dit que Tantale n'a jamais... bu... tandis qu'il y a des célibataires qui... sans cesser de l'être... ne se font pas faute...

MADAME DE PUISIEUX, d'une voix prude.

Mais il y a source et source, monsieur, ne l'oubliez pas.

DE BRAY.

Vous avez raison, madame.

MADAME DE PUISIEUX, à part.

Il a de l'esprit ce jeune homme, de la distinction, une jolie figure... il est bien mieux que René de Landry.

ROCHERAN.

Source et source... Voyez cependant ce que dit Musset : il n'est pas de cet avis :

.... Qu'importe la maîtresse!
Qu'importe le flacon, pourvu qu'on ait l'ivresse !

DE BRAY.

C'est le Musset trahi, désabusé, qui a écrit cela... et encore, il se mentait à lui-même à ce moment-là.

ROCHERAN.

A propos d'ivresse, vous savez le triste réveil du beau René de Landry?

DE BRAY.

Landry... l'ex-attaché d'ambassade?

ROCHERAN.

Justement.

DE BRAY.

C'est un de mes camarades de collége, un aimable garçon.

ROCHERAN.

Alors, vous connaissez la fameuse histoire?

DE BRAY.

Point du tout.

ROCHERAN, à madame de Prasles.

Et vous, madame?

MADAME DE PRASLES, embarrassée.

Pas davantage.

ROCHERAN.

Alors je vais être forcé de vous la dire.

MADAME DE PRASLES, vivement.

Pourquoi faire? (Elle lui fait un signe qu'il ne voit pas.)

DE BRAY, à part.

Que veut dire ce signe?

ROCHERAN.

Non... il ne sera pas dit que je vous aurai laissés dans l'ignorance d'une aventure que chacun connaît, que tout Paris répète... Il n'est bruit que de cela. J'ai été dans trois salons aujourd'hui...

MADAME DE PRASLES, l'interrompant.

Et vous l'avez racontée trois fois.

ROCHERAN.

Oui... oui...

MADAME DE PRASLES, ironiquement.

En y mettant un pareil zèle, elle ne peut manquer de faire son chemin, convenez-en.

MADAME DE PUISIEUX, se levant vivement.

Je regrette vraiment, chère madame, d'être obligée de vous quitter; mais j'ai une assemblée de charité dont je suis dame patronnesse, et je n'ai pas le droit de me faire attendre.

MADAME DE PRASLES.

Je n'ose vous retenir.

ROCHERAN.

Osez, osez, madame. (S'adressant à madame de Puisieux.) Permettez-moi, madame, quoique je n'aie pas l'honneur d'être connu de vous, de joindre mes instances à celles de madame de Prasles... Je serais heureux de raconter l'histoire devant vous.

MADAME DE PUISIEUX, hautement.

Devant moi, monsieur... et pourquoi?

ROCHERAN.

Parce que c'est une bonne fortune d'avoir pour auditeur une jolie femme. Puis, je dois vous avouer que je compte un peu sur les gens que je rencontre, car mon récit est incomplet... Figurez-vous, mesdames, que je ne sais pas le nom de l'héroïne.

MADAME DE PRASLES.

En êtes-vous bien sûr?

ROCHERAN.

Comme vous me dites cela!

MADAME DE PUISIEUX, souriante.

Ah ! vous ne savez pas le nom de la dame ? (Elle se rassied.)
Ni moi non plus, monsieur, (Prenant un air discret.) ou du moins,
je le saurais que je ne le dirais pas.

MADAME DE PRASLES, à part.

Je comprends cela.

DE BRAY.

Madame de Prasles a l'air inquiet... Pourquoi donc ?

ROCHERAN.

Samedi, il y avait foule aux Italiens, on donnait le *Ballo
in maschera*. Le rideau venait de tomber sur le second acte,
lorsque mon voisin me frappe sur l'épaule. Voulez-vous, me
dit-il, voir la fiancée du beau Landry ? là, dans la loge d'a-
vant-scène, à droite... Je braque ma lorgnette et j'aperçois
une grosse femme rouge, aux formes hardiment accusées...
Cela ? m'écriai-je. — La mère, me dit-on. — Je m'avançai
davantage, et derrière les attraits que je vous ai esquissés,
j'aperçus une jeune fille blonde qui s'abritait à l'ombre d'un
magnifique bouquet. Un toupet jaune, se laissant aller à des
oscillations somnolentes, faisait le fond du tableau... Je l'at-
tribuai au chef de la famille.

MADAME DE PUISIEUX.

Bravo ! pour le mot.

ROCHERAN.

Je me retournai alors vers mon voisin et commençai une
série de questions...

MADAME DE PRASLES.

Ah ! je vous reconnais bien là ! Comment pouvez-vous
vous intéresser si fort à des gens que vous ne connaissez
pas ?

ROCHERAN.

Mais c'est tout simple, je me désintéresse toujours de ceux
que je connais.

MADAME DE PUISIEUX.

Ah! c'est charmant, et si naturel!...

ROCHERAN, continuant.

Au moment où, comme je vous le disais, mon voisin allait satisfaire ma juste curiosité, il pousse un cri d'étonnement, me montre du doigt une gerbe fleurie qui, lancée par une main vigoureuse, franchit l'espace et vient s'abattre sur les quinquets de la rampe... Remarquez que cela se passait dans un entr'acte, il n'y avait donc aucun prétexte à ce semblant d'ovation; aussi la salle se lève en masse, les loges interpellent la galerie, laquelle se renseigne à l'orchestre. Tumulte général! Tous les yeux se tournent vers la loge en question; la jeune fille était veuve de son bouquet. Quant à sa mère, qui le lui avait arraché, elle lançait des yeux triomphants vers une baignoire d'avant-scène où se pavanait, devinez qui?... ce diable de Landry.

DE BRAY.

Seul?

ROCHERAN.

Pas précisément. En compagnie d'un gros bouquet... qui cachait une petite dame... et le bouquet, chose étrange! était le frère jumeau de celui de la jeune fille.

MADAME DE PRASLES.

Je comprends le courroux de la mère, mais je blâme la démonstration.

MADAME DE PUISIEUX.

Il est si difficile d'être maître de soi!

DE BRAY.

On n'est pas plus maladroit que ce garçon-là.

ROCHERAN.

Dix minutes après, les deux loges étaient vides, et, dès le soir même, tout Paris en parlait. Je ne m'explique pas comment il se fait que vous n'ayez rien entendu. (Riant.) Je parie que vous savez le nom?

MADAME DE PRASLES, troublée.

Mais je vous assure... (A part.) Cette malheureuse femme doit être à la torture.

MADAME DE PUISIEUX, avec sang-froid.

Moi, je connaissais l'histoire, je dois en convenir ; mais j'ai pour principe de ne pas me faire l'écho de tous ces bruits scandaleux.

MADAME DE PRASLES, à part.

Son calme est inouï. Ce n'est pas elle.

MADAME DE PUISIEUX.

Personne, d'ailleurs, ne sait le nom de cette femme, personne ne l'a vue, elle portait un voile très-épais.

DE BRAY.

Vous y étiez, madame ?

MADAME DE PUISIEUX, légèrement troublée.

Non, monsieur... mais on me l'a dit.

ROCHERAN.

Désolé de vous contredire, mais tout le monde le sait, et, à l'heure qu'il est, j'aurais le plaisir de vous l'apprendre si on n'avait voulu me le vendre trop cher.

MADAME DE PUISIEUX, avec effroi.

Vendre !

MADAME DE PRASLES.

C'est imprimé ? il y a une complainte ?

ROCHERAN.

Non, non. Mais mon scélérat de neveu, voyant, ce matin, l'envie extrême que j'avais de connaître ce malheureux nom, n'a voulu me l'apprendre que si je consentais à lui donner vingt-cinq louis qu'il a perdus hier au soir ; j'ai refusé net, comme bien vous le pensez... et il s'est enfui en me disant que la première lettre était un P. Voilà mon seul renseignement.

DE BRAY, inquiet, à part.

Un P !

MADAME DE PRASLES, à part.

C'est bien cela !

MADAME DE PUISIEUX, ayant l'air de réfléchir.

Un P, vous dites ? Voyons donc... (Riant.) Tiens ! tiens !..
Savez-vous que c'est très-compromettant pour nous, chère
madame ?

ROCHERAN.

Il paraîtrait que cet heureux mortel était, depuis quelque
temps, retenu dans les chaînes d'une jolie femme, et qu'au
moment de rompre de *si doux liens*, comme on chantait de mon
temps, il a voulu dire un dernier adieu aux joies de sa jeunesse.

DE BRAY.

Mais...

ROCHERAN.

Attendez donc. Landry, pour faire sa cour, envoyait chaque jour à sa fiancée un ravissant bouquet de violettes et de
camélias... Ce soir-là, fatalement, il en a commandé deux,
et, plus fatalement encore, ils se sont trouvés en présence.
Eh bien ! voyons, dans tout cela quel est le vrai coupable ?

MADAME DE PUISIEUX.

M. de Landry, assurément.

ROCHERAN.

Pas du tout... c'est la fleuriste.

MADAME DE PRASLES.

Quelle morale !

DE BRAY.

Cette dame est-elle une femme du monde ?

ROCHERAN.

Du meilleur, à ce qu'on dit.

DE BRAY.

Mais alors elle a un mari?

ROCHERAN.

Ne peut-elle être veuve ?

MADAME DE PUISIEUX, négligemment.

On la dit veuve.

MADAME DE PRASLES, vivement.

Moi, on m'a dit qu'elle ne l'était pas.

ROCHERAN.

Ah ! je vous y prends ! vous avez dit tout à l'heure que vous ne saviez rien.

DE BRAY, à part.

Il se passe ici quelque chose d'étrange.

MADAME DE PUISIEUX.

Oh ! ne la tourmentez pas. Rien n'est certain... J'ai vu dix personnes, on m'a cité dix noms. Toutes les femmes élégantes vont y passer. Que cela ne vous inquiète pas, chère madame. Si c'est vous aujourd'hui, ce sera moi demain. Pour ma part, ces absurdités me trouvent parfaitement indifférente.

MADAME DE PRASLES.

Moi aussi, madame. Croyez que si je laisse voir quelque inquiétude... c'est en pensant aux autres... Il y a des récits difficiles à entendre.

MADAME DE PUISIEUX, se levant.

Je vous demande pardon, madame, d'avoir parlé légèrement... je ne croyais pas que... (A Rocheran.) Monsieur, votre histoire est charmante, admirablement racontée... Je suis reconnaissante à madame de Prasles de m'avoir gardée.

MADAME DE PRASLES, à part.

Quelle audace ! On n'a rien vu de cette force-là !

MADAME DE PUISIEUX, lui tendant la main.

Adieu, madame. (Saluant de Bray.) Monsieur... (Regardant les fleurs.) Ah ! vous avez là, chère madame, un bouquet comme il en fleurit aux Italiens.

MADAME DE PRASLES, à part.

Vipère !

DE BRAY, à part, tristement.

Violettes et camélias.

JEAN, annonçant.

M. de Landry. (Madame de Puisieux et lui se rencontrent, ils se saluent froidement. — Elle sort.)

SCÈNE IX

M. DE LANDRY, DE BRAY, ROCHERAN, MADAME DE PRASLES.

ROCHERAN, se levant précipitamment.

Chut ! je me sauve ! (A de Bray.) Ne dites pas que c'est moi qui... On le dit d'humeur à s'en prendre au premier venu... A mon âge, une affaire serait... ridicule. (Il sort.)

DE LANDRY.

Madame, je vous présente mes hommages. Je suis chargé par ma mère de venir prendre de vos nouvelles. On lui a dit que vous aviez été souffrante.

MADAME DE PRASLES, froidement.

Merci, monsieur, je vais mieux.

DE BRAY, à part.

Lui ! Mes soupçons se confirment.

DE LANDRY, voyant de Bray et allant à lui.

Comment ! mon cher, vous ici ?... Quelle aimable surprise ! (Ils se donnent la main.)

DE BRAY, froidement.

Enchanté de vous revoir.

DE LANDRY.

Vous a-t-on remis, madame, un bouquet que je me suis permis de choisir à votre intention?

DE BRAY, à part.

C'est bien cela.

MADAME DE PRASLES.

Comment! monsieur, c'était vous?

DE LANDRY.

Oui, madame, ne vous déplaise.

MADAME DE PRASLES.

Et s'il me déplaisait, au contraire?

DE LANDRY, attristé.

J'en serais d'autant plus malheureux, que je ne comprendrais pas....

MADAME DE PRASLES.

C'est une plaisanterie. — Mais je vous avoue qu'en principe, je n'admets pas le bouquet anonyme, aussi le vôtre a-t-il fait antichambre, et ne lui ai-je donné ses entrées que parce que je me suis imaginé qu'il venait...

DE LANDRY.

D'un autre?

MADAME DE PRASLES.

Peut-être! (Elle lui indique un siége.) Asseyez-vous donc.

DE LANDRY.

Et depuis combien de temps, cher Maurice, êtes-vous à Paris?...

DE BRAY.

Depuis hier seulement, et dans quelques heures je serai sur la route de Vienne. Permettez-moi, madame, de prendre congé de vous.

MADAME DE PRASLES.

Déjà?

DE BRAY.

J'ai quelques préparatifs de départ à faire.

MADAME DE PRASLES.

Je n'ose pas alors vous retenir... Cependant j'aurais été heureuse de causer quelques instants avec vous de nos amis, de vous questionner sur ma filleule.

DE BRAY.

Elle est belle comme les filleules des contes des fées. J'ai demandé à sa mère la permission de baiser sa petite main avant de partir. (Tristement.) J'espérais que cela me porterait bonheur.

MADAME DE PRASLES sonne. — Jean qui entre.

Jean, enlevez ces fleurs, leur odeur me gêne.

JEAN, à part, emportant le bouquet.

Cette fois, je crois que je puis l'offrir à Justine.

DE LANDRY à part, regardant le bouquet.

Violettes et camélias! encore! ça devient un cauchemar; c'était bien la peine de changer de fleuriste! (Jean sort avec le bouquet.)

MADAME DE PRASLES, à de Bray.

Restez encore quelques instants, je vous en prie... M. de Landry, qui est l'homme le plus répandu de Paris, ne me fait que de courtes visites; laissez-le nous initier un peu aux bruits du monde, puis j'écrirai...

DE BRAY.

Impossible, madame... Dans une heure je ferai prendre vos commissions.

DE LANDRY.

Mais, madame, mettez-moi à la porte si je vous gêne. A quoi sert l'amitié, si on ne la traite pas sans façon?

DE BRAY, à part.

L'amitié!

MADAME DE PRASLES.

Non, non, restez. Je serais désolée que vous m'ayez mal
comprise. Messieurs, je vous demande la permission de vous
laisser un instant : rendez-moi le service de vous tenir
mutuellement compagnie; j'ai besoin de quelques secondes
seulement pour donner un baiser à ma filleule, un serrement
de main à sa mère, le tout sous enveloppe et cacheté de rose,
puis je reviens (A part.) L'un a besoin de savoir, et l'autre
doit avoir envie de raconter.... Laissons-les seuls.... (Elle sort.)

SCÈNE X

DE BRAY, DE LANDRY.

DE LANDRY.

Et bien! mon cher, comment menez-vous l'existence à
Vienne? Y a-t-il un cercle possible chez vous? des courses,
des fêtes? Les femmes y sont-elles jolies?

DE BRAY.

Très-belles.

DE LANDRY.

Ah! voilà donc pourquoi vous êtes si pressé de retourner?

DE BRAY.

Non. Depuis deux ans que j'habite Vienne, je ne suis pas
allé dans le monde.

DE LANDRY.

Pourquoi cela?

DE BRAY.

J'étais en deuil.

DE LANDRY.

Allons donc! est-ce qu'il y a des deuils qui durent deux ans? Avouez que vous êtes un peu sauvage.

DE BRAY.

Il paraît qu'on ne peut pas vous faire le même reproche.

DE LANDRY.

Comment! mon cher, vous savez déjà?...

DE BRAY.

Mais oui.

DE LANDRY.

Chut! (Il va s'assurer si la porte est bien fermée, puis il revient s'asseoir.) Mon cher, c'est une fatalité déplorable! ces choses-là n'arrivent qu'à moi... j'en suis très-malheureux, croyez-le bien.

DE BRAY.

Vous regrettez ce mariage?

DE LANDRY.

Je regrette, mon Dieu! comme on regrette une bonne affaire; comme je regrette d'avoir parié pour Jambe d'argent, quand c'est Vermouth qui arrive le premier. C'est à recommencer, voilà tout. Les gens bêtes, communs et riches courent les rues...

DE BRAY.

Encore faut-il prendre la peine de les arrêter quand on a besoin d'eux... Mais la jeune fille?...

DE LANDRY.

La petite n'était pas mal; un petit pastel Watteau retouché, un Sèvres pâte tendre... trop tendre même... Je crois qu'elle m'aurait ennuyé.

DE BRAY.

De quoi vous plaignez-vous alors?

DE LANDRY.

Comment! mais une autre femme est en cause, vous ne savez donc pas?...

DE BRAY.

Si fait, je m'en souviens ; mais je croyais que vous l'aviez
oublié.

DE LANDRY.

Il faut vraiment avoir du malheur. Notre liaison durait
depuis un an ; personne ne s'en doutait ; quand je dis personne, mon cher, vous savez ce que c'est : j'avais cru devoir
le dire à Delamarre.

DE BRAY.

Parce que ?...

DE LANDRY.

Parce que c'est mon ami intime.

DE BRAY.

Mais vous exagérez l'antique ; vous en remontreriez à
Pylade : l'amitié s'arrête où l'amour commence, il me semble.
Ce secret, d'ailleurs, n'est pas le vôtre... c'est celui de la
femme qui vous a fait l'honneur insigne de vous distinguer.

DE LANDRY.

C'est plus commode, vrai ; voyez dans les comédies, il y a
toujours un confident.

DE BRAY.

C'est pour qu'il y ait un traître.

DE LANDRY.

Oh ! quant à cela, je suis sûr de lui comme de moi-même ;
personne ne pouvait nous opposer une preuve, et c'est au
moment où, d'un commun accord, nous rompons, où je me
décide à faire ce mariage, grâce à ses bons conseils, car, je
dois le dire, elle s'est montrée très-courageuse...

DE BRAY, à part.

Elle en avait peut-être assez.

DE LANDRY.

C'est à cet instant, le dernier jour, à la dernière heure, que

6

le voile tombe et que le scandale réclame son arriéré; c'est
à se casser la tête contre les murailles. Que va-t-elle devenir?

DE BRAY, tremblant.

Est-elle seule?

DE LANDRY.

Elle le sera infailliblement. Sa famille va lui tourner le
dos... ils sont tous très-collet monté. (Madame de Prasles entr'ouvre
la porte et écoute.) Il me semble que j'ai entendu du bruit...
Si on nous écoutait?

DE BRAY.

Eh bien?

DE LANDRY.

Si madame de Prasles allait apprendre...

DE BRAY.

Mais elle le sait... on en a parlé.

DE LANDRY.

Ici?

DE BRAY.

Oui.

DE LANDRY.

Quand?

DE BRAY.

Mais au moment où vous arriviez.

DE LANDRY.

Ah! la pauvre femme! je ne m'étonne plus de son air
froid et hautain. Mais qui a raconté cela?

DE BRAY.

Un monsieur qui était là.

DE LANDRY.

Ce vieux qui s'est sauvé au moment où j'entrais?

DE BRAY.

Justement.

DE LANDRY.

Cet âge est sans pitié ! Décidément, on nous écoute.

DE BRAY, à part.

Au fait ! je ne vois pas pourquoi je subirais indéfiniment cette torture. (Il se lève. — Haut.) Mon cher, je suis vraiment très-pressé... il faut que je parte, excusez-moi, je vous prie, auprès de madame de Prasles. (Il se dirige vers la porte.)

DE LANDRY.

Merci bien, après ce que vous venez de me dire, je serais très-embarrassé. Si vous m'abandonnez, je me sauve. Mais racontez-moi un peu comment ce vieillard... Et quand il a cité le nom de l'héroïne... hein ! quel coup de théâtre !

DE BRAY.

Mais il ne l'a pas dit... il ne le savait pas. (De Bray se dirige vers la porte, de Landry le suit. — Au moment de franchir le seuil, il lui met la main sur l'épaule.)

DE LANDRY.

Alors elle a été superbe d'audace, ma diva Sarah ?

DE BRAY, haletant.

Sarah ! C'est madame de Pui.....

MADAME DE PRASLES, derrière la porte entrebâillée.

Allons donc !...

DE LANDRY.

Mais sûrement ! Qui voulez-vous que ce soit ?

DE BRAY, rentrant.

Je ne veux rien de plus. (Il se laisse tomber sur une chaise.) Ah ! quel poids ôté de sur le cœur ! Bourreau ! va ! s'il savait ce qu'il m'a fait souffrir !

DE LANDRY.

Eh bien ! nous ne partons plus ?

DE BRAY.

Non ; en y réfléchissant, ce ne serait pas poli : une femme a toujours le droit de se faire attendre. (Il lui prend le bras, ils se promènent.) Parlons de vous, mon cher, de vos projets. Voulez-vous permettre à un sauvage de vous donner un conseil ?

DE LANDRY.

Allez, allez, si cela peut vous faire plaisir.

DE BRAY, à part.

Je me sens pour lui des tendresses infinies, c'est la réaction ! (Haut.) Pourquoi profanez-vous, mon cher René, les belles et bonnes choses de ce monde ? Pourquoi prendre ces affaires d'argent, ces accouplements d'intérêts, sans estime, sans affection... pour le bonheur auquel nous avons tous le droit de prétendre ? N'étouffez pas en vous, croyez-moi, ce qui est noble et élevé, laissez-vous guider par votre cœur, et, d'abord et avant tout, épousez la femme que vous aimerez.

SCÈNE XI

Les Mêmes, MADAME DE PRASLES.

MADAME DE PRASLES, entrant.

Voilà ce que j'appelle un bon conseil.

DE BRAY.

N'est-ce pas, madame ?

MADAME DE PRASLES.

Oui, mais il est passé de mode. Ce n'est pas ainsi qu'on procède au dix-neuvième siècle. Le mariage d'amour est en pleine décadence.

DE LANDRY.

On a raison, c'est une faiblesse.

MADAME DE PRASLES.

On n'aime plus de nos jours ; on ne sait plus aimer.

DE BRAY.

Je connais encore quelques adeptes de cette simple et primitive doctrine, qui portent, haut et fier, l'étendard de leur foi, et défendent au besoin leur croyance.

DE LANDRY.

Des gens assez riches pour être désintéressés !

DE BRAY.

Des gens pour lesquels l'argent n'est pas tout... je dirai plus, n'est rien ; et qui ne le mettront jamais, dans un des plateaux de la balance, en contre-poids avec les mérites et les grâces d'une femme.

DE LANDRY.

Est-ce que c'est vrai l'amour ?

DE BRAY.

Vous le demandez ? Mais c'est l'épave des naufragés de la terre, l'arc-en-ciel qui nous promet un beau jour ! Malheureux qui nie l'amour ! Mais alors, niez la lumière et le Dieu de la création ! Voyons, madame, aidez-moi, dites-lui que vous y croyez... car, vous y croyez, n'est-ce pas ?

MADAME DE PRASLES.

Oui, et cependant, pour moi, c'est un poëme écrit dans une langue étrangère ; jusqu'à présent je ne l'ai pas encore assez comprise... pour oser la parler.

DE LANDRY.

Oh ! madame, prenez garde, alors... un jour ou l'autre vous serez victime du coup de foudre !...

MADAME DE PRASLES.

Ne riez pas, je vous prie... j'en ai toujours eu peur... car j'y crois.

DE BRAY.

Et vous avez raison, madame. C'est la croyance-mère, le premier article de foi de la religion de l'amour. Les sages

6.

prétendent qu'un sentiment qui naît dans de bonnes conditions grandit doucement, se développe avec le temps, a plus
de chances de vie. Ils disent, pour appuyer leur système,
que tout vient lentement en ce monde, que la feuille, la fleur,
le fruit succèdent à la graine semée... Mais les sages savent-
ils aimer? Évidemment non. Ils raisonnent. — Cela seul me
fait nier leur doctrine, car, raison, volonté, expérience se
voilent devant cette étincelle divine que Dieu fait jaillir du
cœur de l'homme, alors qu'il le prend en pitié !

DE LANDRY.

Bravo! mon cher, vous êtes superbe dans ce rôle-là, mais...
dangereux... Jour de Dieu ! si j'allais me mettre à aimer une
rosière ou un prix Monthyon... Je me sauve; adieu, madame !
(Il salue madame de Prasles.) A bientôt, mon cher. (Il serre la main de
de Bray. — A madame de Prasles.) Je vous en prie, madame, ne
l'écoutez pas, il serait capable de vous convertir au mariage
d'amour ! (Il sort.)

MADAME DE PRASLES.

Enfin !

SCÈNE XII

DE BRAY, MADAME DE PRASLES.

DE BRAY.

Vous, madame, qui croyez aux coups de foudre, avez-vous
pitié des foudroyés ?

MADAME DE PRASLES, souriant.

Cela dépend.

DE BRAY.

Mais enfin, seriez-vous femme à mettre la première votre
main dans la main d'un homme que vous aimeriez ?

MADAME DE PRASLES, hésitant.

Je... ne crois pas...

DE BRAY.

Et pourquoi?

MADAME DE PRASLES.

Parce que tous mes sentiments les plus vrais, les meilleurs, sont doublés d'amour-propre, et que, dans le monde, je les porte à l'envers.

DE BRAY.

Vous avez raison peut-être. Et, cependant, si vous saviez combien est embarrassante et douloureuse la situation d'un malheureux qui comprend que le bonheur de son avenir est attaché à une réponse! Nous avons, nous autres hommes, une réputation de bravoure bien usurpée, car lorsque nous nous trouvons aux prises avec un sentiment sérieux, nous devenons timides comme des enfants... Tenez, je vais vous faire ma confession, et vous en jugerez : J'ai rencontré, il y a un an, à Vienne, une femme qui a fait sur moi une impression profonde. Je venais de perdre ma mère; j'étais très-malheureux... Son visage mélancolique, les vêtements de deuil qu'elle portait éveillèrent en moi un écho sympathique, et, dès le soir de ce premier jour, en rentrant chez moi, je me trouvais moins seul, moins triste, je pensais à elle. Peu à peu, son souvenir grandit, prit une part envahissante dans ma vie... Mon chagrin s'adoucit, ce fut le premier pansement sur une blessure vive. Elle partit sans que je la revisse... mais je parlai d'elle et j'appris par ses amis tous les détails de son existence. Elle était libre, je pouvais donc espérer. Eh bien! le croiriez-vous? je commençai par m'en défendre.

MADAME DE PRASLES, vivement.

Pourquoi? (Se reprenant.) Continuez...

DE BRAY.

Quoi qu'il en soit, j'ai suivi ma destinée et je suis arrivé ici pour la revoir... Mais, voyez combien l'homme est ambitieux et comme il a confiance dans sa force! J'ai arrêté froidement mon programme; je me suis dit que, sous un prétexte de convenance, de simple politesse, je m'introduirais chez elle... là, comme un voleur de bonne compagnie, je surprendrais ses sentiments, j'étudierais ses goûts, puis, si j'éprouvais une déception, si cette enveloppe charmante ne cachait pas une âme d'élite, un cœur d'or, je dirais adieu à mon rêve et je briserais mon idole.

MADAME DE PRASLES, émue.

Mais c'est très-sage cela.

DE BRAY.

Oui, c'était assez bien arrangé, mais le hasard a soufflé sur le château de cartes; au lieu du tête-à-tête que je m'étais... accordé, je suis tombé au milieu d'indifférents qui, sans le vouloir et sans s'en douter, ont excité ma susceptibilité, disons le mot, ma jalousie, et m'ont fait subir une torture inouïe que je ne m'explique pas, car elle était stupide, insensée ! Mais ce qu'ils m'ont fait comprendre, c'est combien je l'aimais et combien j'étais fou de compter sur ma raison. Alors, je me suis dit que je n'avais qu'un parti à prendre.

MADAME DE PRASLES, avec anxiété.

Lequel ?

DE BRAY.

Me mettre à deux genoux devant elle et lui dire : L'esclave vous amène le juge tête et cœur liés. Je ne sais qu'une chose, c'est que vous êtes belle; mais vous devez être bonne, je le sens... car mon cœur va au-devant du vôtre, tout entier, sans réserve. Désormais, je ne puis vivre que par vous, que pour vous... prenez-moi en pitié, et aimez-moi un peu, vous verrez que je le mérite. (En disant ces mots, il se met aux genoux de madame de Prasles. — A ce moment, on entend un coup de sonnette.)

MADAME DE PRASLES, vivement et tremblante.

Je le crois !

DE BRAY se relève, puis voyant Jean qui entre.

Ah ! encore !...

MADAME DE PRASLES à Jean.

Il est six heures, je n'y suis plus.

TOUS DIPLOMATES

COMÉDIE

PERSONNAGES

LE COMTE D'ARTIGUES, ex-diplomate,   65 ans.

MAURICE DE PRÉMONT,   35 ans.

JEANNE DE GRANDVAL, nièce du comte d'Artigues,   28 ans.

ALICE D'ARTIGUES, sœur cadette de Jeanne, nièce du

    comte d'Artigues,   18 ans.

La scène se passe dans un château.

TOUS DIPLOMATES

Un grand salon style Louis XIV. Fenêtres ayant vue sur la mer. Porte d'entrée ouvrant sur un jardin. Massifs de fleurs à droite et à gauche. Deux portes latérales. Il est midi.

SCÈNE PREMIÈRE

LE COMTE, JEANNE, ALICE.

Jeanne écrit, Alice travaille, le comte étendu sur un canapé lit un journal.

ALICE, regardant autour d'elle.

Quel silence! (Bas.) Et quel ennui! (Elle frappe du pied et jette loin d'elle une tapisserie, dont le tracé représente un chat sur un coussin.)

LE COMTE.

Qu'y a-t-il?

ALICE.

Il y a, mon oncle, que voilà trois fois que je recommence les yeux de ce chat, sans réussir à l'empêcher de loucher; j'en ai mal aux nerfs!

LE COMTE.

Depuis quand les demoiselles ont-elles des nerfs? Est-ce qu'on permet cela au couvent?

ALICE.

Mais oui, mon oncle... la dernière année.

LE COMTE, souriant.

Bravo ! l'éducation y est complète !

ALICE, reprenant son ouvrage.

Dites - moi, cher oncle, pourquoi avez - vous exigé cet animal ?

LE COMTE.

Je n'ai rien exigé, chère enfant ; seulement, lorsque j'ai su que tu voulais, pour le jour de ma fête, me gratifier de deux coussins, je t'ai fait observer que les myrtes et les roses se- raient un contre-sens dans l'appartement d'un vieux céliba- taire, homme sérieux, ex-diplomate ; et j'ai choisi un chien et un chat.

ALICE.

A cause de leur entente cordiale habituelle ?

LE COMTE.

Non ; mais j'ai trouvé dans ce rapprochement une sorte d'allégorie : les armes parlantes de la diplomatie.

ALICE.

Expliquez-moi cela ?

LE COMTE.

Tout diplomate intelligent doit participer de ces deux ani- maux : comme le chat, il lui faut attendre le moment, saisir l'occasion, et, tant qu'il n'est pas sûr de sa proie, faire en sorte, en allongeant les gracieux coups de griffe de sa patte de velours, qu'on ne sache jamais au juste s'il a voulu blesser ou caresser. Voilà le côté matou ; quant au chien... (Le comte reprend son journal.)

ALICE.

Quant au chien...? (Le comte ne répond pas et continue sa lecture.) Mon oncle ! voyons un peu le côté caniche ? Je ne devine pas la suite de l'allégorie... Serait-ce parce qu'il est l'em- blème de la fidélité ?

LE COMTE.

Oui, mademoiselle, et aussi parce qu'il est l'emblème du courage, du dévouement, et qu'il en faut quand on garde dans une contrée lointaine l'honneur et la dignité de son pays. (Le comte, qui s'est un peu animé, se remet à lire. — Nouveau silence.)

ALICE, impatientée, s'agite, quitte sa place et marche droit au comte.

Mon oncle, combien faut-il de temps, à un homme qui lit couramment, pour lire un journal?

LE COMTE.

C'est un reproche, ma belle?... Au fait, je le mérite, car j'ai lu jusqu'à la dernière ligne... et en pure perte, hélas! Pas le plus léger scandale! Pas le moindre décès! Les Parisiens ne font rien, en vérité, pour les malheureux qui habitent la campagne!

JEANNE, levant la tête.

Mais, mon oncle, vous devenez féroce.

LE COMTE.

La faute en est à toi qui me fais vivre dans une solitude complète. J'ai l'ennui méchant. (Il se lève et va vers Alice.) N'importe, je suis un mécréant. J'ai là, près de moi, une adorable enfant qui vient de quitter sa cage, qui nous arrive avec une très-légitime soif de plaisirs, et je ne fais rien pour l'amuser. (Il lui prend la main.) Voyons, chère petite, que souhaites-tu? Que faut-il imaginer pour te plaire? Veux-tu des fêtes pastorales, des bergères Watteau en satin rose, avec houlettes, jupons courts et gorgerettes blanches? (A mi-voix et se frottant les mains.) J'aime assez les gorgerettes blanches...

JEANNE, levant la tête.

Hum! hum!

LE COMTE, riant et faisant signe de la main à Jeanne.

Sois tranquille, Jeanne, (Bas.) je ne dirai pas tout ce que j'aime. — Allons, Alice, faut-il écrire à Babin pour les costumes?

ALICE.

Merci, mon oncle.

LE COMTE.

Préfères-tu une fête vénitienne, avec feu d'artifice et bouquet à ton chiffre? (Alice hoche la tête négativement.) Tout cela te paraît terne, le moindre grain de mil ferait bien mieux ton affaire. (Il s'assied près d'elle.) Un joli cheval, blanc d'écume, portant en selle un beau cavalier, au feutre gris, à la plume ondoyante...

ALICE.

Je ne tiens pas à la plume.

LE COMTE.

Cela fait bien dans le lointain cependant.

ALICE.

Oui.. mais quand on approche...

LE COMTE.

Aussi n'approche-t-on jamais! Tudieu! ma belle, comme vous y allez! Je commence une ballade pour vous distraire, je ressuscite momentanément... un cavalier des vieilles légendes et vous voilà déjà sur votre balcon agitant votre écharpe. Bonnes dispositions! Allons, allons, lorsque le moment sera venu, tu ne me feras pas, je crois, le chagrin de refuser le mari que je t'aurai choisi.

ALICE.

Non certainement... (A part.) s'il me plaît.

LE COMTE.

Ah! si Jeanne pouvait penser ainsi! mais non, notre solitude ne se peuplera pas... je n'aurai jamais la joie de me voir entouré d'enfants blonds et roses, traînant poupées et chevaux de bois... Pourtant j'avais promis à mon pauvre frère de ne m'en aller de ce monde qu'après avoir assuré le bonheur de ses deux enfants!

ALICE.

Mais, mon oncle, Jeanne est très-heureuse, et la preuve, c'est qu'elle ne veut pas changer de situation.

LE COMTE, élevant la voix.

Eh! morbleu! voilà bien ce qui me chagrine! N'est-il pas
douloureux de voir ceux qu'on aime prendre une route fausse
et plate, qui ne mène à rien! (Pendant ce temps, Jeanne qui a cacheté sa
lettre se lève et vient embrasser le comte.)

JEANNE.

Il vous faut donc des accidents de terrain? des précipices?

LE COMTE.

Non! chère enfant, mais l'ornière commune, le chemin
battu où, depuis dix-neuf siècles, la vieille humanité se
traîne sans s'en trouver plus mal pour cela. C'est une situation anormale que celle d'une veuve, sans présent, sans avenir, et, pour toi, ma pauvre Jeanne, je peux le dire entre
nous, sans passé.

JEANNE.

Mais, mon oncle...

LE COMTE, l'interrompant.

Voyons, n'est-ce pas vrai? Et pourtant tu es belle, intelli-
gente, libre...

JEANNE, l'interrompant.

Vous me comblez...

LE COMTE.

Pourquoi, malgré ces avantages, refuser, sans réflexion,
sans examen, les partis les plus convenables et venir t'en-
terrer à quatre-vingts lieues de Paris, dans un château sombre et froid comme une oubliette de géant? Regrettes-tu
quelque chose? Aimes-tu quelqu'un? (Jeanne ne répond pas.) Ah!
bien oui! (A part.) Un cœur de marbre, une young-frau d'éta-
gère. (Haut.) Mais, ma pauvre enfant! cette existence sera
possible une saison. J'admets que cette originalité t'entoure
momentanément d'une sorte de prestige, que dans ce milieu
mondain et élégant où tu as vécu on s'occupe et s'inquiète de
la jolie madame de Grandval, étoile un instant apparue, alors
qu'elle se voilait dans des flots de gaze blanche et lilas, cré-
puscule du veuvage expirant...

ALICE.

Quelles jolies couleurs!

LE COMTE.

Mais bientôt les bonnes, les excellentes amies, peu désireuses de voir cesser un éloignement qui laisse leur beauté sans rivalité, partant sans inquiétude, grossissent le prétendu succès de l'absence (car l'absence est presque toujours un succès), et expédient à la belle transfuge des histoires dans ce genre-ci, par exemple : (Ironiquement.) « Ma chère, votre souvenir nous fait à toutes le plus grand tort. M. B... va donner sa démission pour aller solliciter incognito une place de jardinier. M. C... médite un enlèvement... »

ALICE, à part.

Quel bonheur, s'ils pouvaient mettre leurs projets à exécution, cela nous distrairait! (Elle sort.)

SCÈNE II

LE COMTE, JEANNE, puis ALICE.

JEANNE.

Mon oncle, pouvez-vous croire?...

LE COMTE.

Non! et je me hâte d'ajouter à la louange de ces âmes charitables, que si elles pensaient un mot de ce qu'elles écrivent, elles feraient tous leurs efforts pour arrêter les voyageurs. Attendez donc, diraient-elles, et, avant de partir, jetons ensemble un coup d'œil sur le manoir. — Ne distinguez-vous pas à cette fenêtre, malgré le rideau de feuilles, une gracieuse silhouette qui envoie du bout des doigts et des lèvres un cher adieu?... Eh mais... si je ne me trompe, c'est notre jolie veuve... et le cavalier qui s'en va... sans s'en aller, c'est M. X, Z, n'importe... Alors la reclusion s'explique, et la calomnie fait son chemin. — Oui, ma chère, si vous n'y prenez garde, toutes les femmes diront que...

JEANNE.

Mais je ne reçois personne...

LE COMTE.

Raison de plus!

JEANNE, haut.

Je ne comprends pas.

LE COMTE, s'animant.

C'est évident pourtant ! — En ne donnant aucun aliment à la curiosité publique, vous l'excitez, vous la mettez en défiance. Le monde n'admet pas en principe qu'on puisse s'enfuir hors de l'humanité. Si vous n'avez aucune des faiblesses de votre sexe, faites au moins semblant de les avoir! (A ce moment Alice, qui cueillait des fleurs dans les massifs, près de la porte, s'en est rapprochée, et a entendu ce que disait son oncle. Elle parait dans l'encadrement de la porte, une gerbe de fleurs à la main.)

ALICE.

Quelle singulière morale ont ces diplomates! Ils rapportent cela de l'étranger ; c'est de la contrebande.

JEANNE.

Mais alors, mon oncle, si le bien devient ainsi le mal, si votre inquiète affection détruit autour de moi tout ce qui me donnait le calme, la sécurité, sur quoi voulez-vous que je m'appuie?

LE COMTE.

Sur un mari!

ALICE, à part.

Ah! voilà la grande scène du mariage! d'ordinaire il la gardait pour le soir... une par jour. (Avec effroi.) Oh! mais, si nous allions en avoir deux aujourd'hui! Ne rentrons pas, c'est prudent! (Elle sort.)

SCÈNE III

LE COMTE, JEANNE.

JEANNE.

Je vous ai dit bien des fois, cher oncle, les raisons qui me font redouter un second mariage : sans motif, sans entraînement, multiplier autour de soi les affections, n'est-ce pas souvent se créer des causes de souffrance?

LE COMTE.

Qui a osé dire cela? et où as-tu puisé de si fausses doctrines?

JEANNE.

Ces idées sont les miennes; nées de mes sensations, de mes craintes... elles prouvent que j'ai la tête prévoyante, le cœur peureux... peut-être.

LE COMTE.

Mais, malheureuse enfant, tu as beau te débattre et te refuser à la loi universelle, tu aimeras, tu souffriras; c'est pour cela que tu as été créée.

JEANNE, souriant tristement.

Oh! pas tout exprès!

LE COMTE.

Qui sait? Mais chaque épreuve a sa récompense, chaque douleur son soulagement! Dieu, dans sa prévoyante bonté, a mis, à côté de l'épine qui blesse, la fleur qui parfume, et les douleurs de la femme s'oublient dans les joies saintes de la maternité. (A part et avec colère.) Je tourne au lyrisme, parole d'honneur!

JEANNE, avec émotion.

Mais, mon oncle, les enfants peuvent mourir.

LE COMTE.

On en a d'autres.

JEANNE.

Et le mari, celui qu'on a choisi entre tous, sur l'existence
duquel on a placé tout le bonheur qu'on espère en ce monde...

LE COMTE, l'interrompant avec vivacité.

Il peut mourir aussi, n'est-ce pas ? — Oh! certainement.
Aussi doit-on mettre les chances de son côté, en le choisis-
sant fort et bien portant; mais enfin... s'il trompe toutes les
combinaisons, s'il y met une mauvaise volonté évidente...

JEANNE.

Alors...

LE COMTE.

On le pleure s'il l'a mérité... sinon, on le remplace.

JEANNE, profondément émue.

Tenez, cher oncle, nous ne pourrons jamais nous entendre...
Je vous en supplie, ne recommençons plus cette éternelle discussion !

LE COMTE, hésitant, puis avec humeur.

Soit, ma chère; mais, à votre tour, écoutez-moi : La solitude de votre vie ne vous pèse pas maintenant, parce que
vous avez conscience de votre pouvoir. S'il me plaisait d'être
aimée, dites-vous, demain, aujourd'hui même, je le serais,
je devrais l'être. Mais ce langage ne sera pas toujours de
saison. Vous avez vingt-huit ans, madame, vous *battez votre
plein* comme, en ce moment, la mer votre riveraine. (Il va à la
fenêtre et écarte les rideaux brusquement.) Mais voyez, bientôt elle va
baisser... Elle baisse... prenez garde... (Jeanne, qui a suivi son
oncle à la fenêtre, va à la glace, s'y regarde coquettement quelques instants, et
satisfaite de l'examen :)

JEANNE.

Pas encore! (Lui montrant la pendule.) Cher oncle, il n'est pas
l'heure.

LE COMTE.

L'heure viendra, Jeanne, et les années aussi ; alors vous regretterez d'avoir fermé votre oreille et votre cœur aux conseils de votre meilleur ami. Enfin!!! Quant à moi, j'ai la monomanie des enfants, c'est une idée fixe, un besoin capricieux de mon pauvre vieux cœur de célibataire ; il faut que j'en voie autour de moi... Aussi, l'automne arrivé, je pars pour l'Angleterre, je vais m'installer chez mon ami Turner, qui a onze baronnets et baronnettes. Je veux les choyer, les gâter, les adopter. Je passerai ma vie à leur préparer des sandwichs, et je les bourrerai de puddings froids, chauds, secs ou flambants ! (Il prend son chapeau et s'apprête à sortir.)

SCÈNE IV

LE COMTE, JEANNE, ALICE.

ALICE, en entrant, arrête le comte d'un air câlin.

J'ai entendu ! Vous êtes méchant et injuste ! Pourquoi me punir, moi qui suis prête à me sacrifier pour votre bonheur ?

LE COMTE.

Je reviendrai, ma belle, pour m'occuper du tien... dans deux ou trois ans.

ALICE, à part.

C'est trop long. (Haut.) Non, non, promettez-moi que vous ne partirez pas ?

LE COMTE.

J'y suis très-décidé ! (Il remonte la scène.)

JEANNE.

Cher oncle, vous me chagrinez.

LE COMTE.

Marie-toi, alors ; pour me faire plaisir... que diable !

ALICE, bas à sa sœur.

En avant le colonel ! (Elle reprend son ouvrage et s'assied.)

JEANNE.

Oh ! pour celui-là ! (Elle tourne le dos et vient s'asseoir près de sa sœur.)

LE COMTE, arpentant le salon.

Qui ça ? Ai-je nommé quelqu'un ? Je ne t'impose personne... épouse qui tu voudras. (Un domestique paraît à la porte, portant une carte sur un plateau. Tout en parlant, le comte la prend. — Il lit :) Maurice de Prémont. (Les deux femmes se retournent vivement.)

JEANNE.

Vous me conseillez d'épouser monsieur de...? (Elle s'arrête en voyant la carte. — Avec émotion et à part.) Lui ! ici ! (Elle se lève.)

ALICE , battant des mains.

M. Maurice ! Quel bonheur ! (A Jeanne.) Tu es toute pâle, qu'as-tu ?

JEANNE, se rasseyant.

Rien... Tu le connais ?

ALICE.

Si je le connais ? mais c'est le frère de Berthe ! de ma meilleure amie !

LE COMTE, au domestique.

Vous avez fait entrer M. de Prémont chez moi ?

LE DOMESTIQUE.

Oui, monsieur le comte.

LE COMTE.

Priez-le de venir jusqu'ici, (Se tournant vers Jeanne.) si toutefois madame de Grandval consent à le recevoir.

JEANNE.

Certainement. (Le domestique sort.)

ALICE, allant vivement à la glace et se regardant.

Mon Dieu ! comme je suis mal coiffée ! (Elle arrange les plis de

7.

sa robe. — A part.) Je suis sortie ce matin en pleine rosée; mais aussi, qui pouvait s'attendre?... (Elle revient s'asseoir.)

LE COMTE.

J'ai rencontré Maurice hier, chez mon vieil ami de Moy, je l'ai engagé à venir me voir, et j'avais oublié de vous en prévenir. (Un domestique annonce M. de Prémont.)

SCÈNE V

MAURICE DE PRÉMONT, LE COMTE, JEANNE, ALICE.

LE COMTE, allant à Maurice et lui serrant la main.

Soyez le bienvenu, mon cher Maurice. (A Jeanne.) Chère nièce, permettez-moi de vous présenter M. de Prémont.

JEANNE, à part.

Il est pâle... il a souffert... (Haut.) M. de Prémont n'est pas un étranger pour moi, mon oncle... j'ai eu le plaisir de le rencontrer dans le monde il y a quelques années.

MAURICE, froidement.

Merci, madame, de vouloir bien vous en souvenir.

JEANNE, à part.

Il m'en veut toujours... M'aimerait-il encore?

LE COMTE, à Maurice.

Je ne vous présente pas à mon autre nièce, vous vous connaissez, je crois.

MAURICE, allant vivement à Alice.

Mille pardons, mademoiselle, je ne vous avais pas aperçue.

ALICE, lui tendant la main.

Bonjour, monsieur Maurice. Comment va votre sœur?

MAURICE.

Très-bien, mademoiselle. Elle voulait me charger d'une

lettre pour vous, mais je devais m'arrêter deux jours en route, et sa missive était, m'a-t-elle dit, trop pressée pour ce retard.

ALICE.

Je ne l'ai pas reçue.

MAURICE, riant.

Cela devait être.

LE COMTE, avançant un fauteuil.

Asseyez-vous donc, mon ami.

MAURICE, se tournant vers madame de Grandval.

Je dois, madame, m'excuser d'abord de me présenter à une heure si indue... Je venais voir M. d'Artigues, et je n'aurais pas osé solliciter la faveur que vous voulez bien me faire. (Il s'assied.)

JEANNE.

Nous vivons ici, monsieur, comme des paysans, mettant de côté toute espèce de cérémonie, et l'heure à laquelle on veut bien penser à nous est toujours la bonne.

LE COMTE.

Le fait est, mon cher, que nous menons une vie stupide. Un an encore de ce régime et je deviens le rustre le plus accompli qu'ait jamais produit notre brave terre normande.

MAURICE.

Je m'inscris en faux et nie la possibilité de cette transformation.

LE COMTE.

Vous êtes bien bon, mais elle se fera, je le sens, parce qu'il faut à tout être créé le contact de ses semblables, un échange d'idées, de procédés bons ou mauvais, tandis qu'ici nous vivons comme des loups : aucun bruit du dehors ne nous arrive, nos sujets de conversation ne dépassent pas la grille du parc, et les incidents qui les défrayent nous viennent exclusivement de la ferme ou de la basse-cour. Là, par exemple, il y a une foule de volatiles auxquels nous nous intéressons vivement, et qui veulent bien, en retour, prendre la peine de naître ou de trépasser pour nous distraire.

MAURICE, riant.

Ah!...

LE COMTE.

Ne riez pas... Le premier œuf de la poule blanche ! La fin tragique d'un poussin jaune ! Voilà, tout à la fois, le premier-Paris et les faits divers du manoir de Longueville.

MAURICE.

Mais à ces distractions-là, vous en joignez bien quelques autres ?

LE COMTE.

Pas la moindre.

MAURICE.

Vous avez des relations de voisinage ?

LE COMTE.

Aucune.

MAURICE.

Vos amis viennent vous voir?

LE COMTE.

Jamais. (A part.) Nous ne les en prions pas. (Haut.) Aussi, quand par hasard il nous arrive , comme aujourd'hui, la bonne fortune d'en recevoir un, nous le gardons le plus longtemps possible. Gare à vous ! (Maurice s'incline. — Bas à Alice.) Va, chère enfant, donne des ordres, je tâcherai qu'il reste à dîner.

ALICE, sortant.

Quel bonheur ! un étranger !... qu'on connaît.

SCÈNE VI

LE COMTE, MAURICE, JEANNE.

MAURICE.

En adoptant aussi courageusement la vraie vie de la campagne, vous faites sans doute, ces dames et vous, de longues excursions?

LE COMTE, ironiquement.

Nécessairement; c'est un de nos plaisirs les plus sérieux. Tous les matins invariablement, après le déjeuner, ma nièce Jeanne s'apprête et s'équipe de façon à braver les plus mauvais chemins; son zèle me gagne, et en quelques secondes me voilà prêt à la suivre, fût-ce au bout du monde; mais à peine avons-nous fait deux ou trois cents pas, qu'elle se plaint du soleil qu'il fait... ou qu'il ne fait pas, du froid prétendu, de la chaleur imaginaire, bref, elle s'arrête au premier massif, y cueille une rose, la met à son corsage, et, me tirant la révérence, rentre chez elle.

JEANNE.

Ne croyez pas, monsieur... je vous en prie...

LE COMTE, l'interrompant.

Alors, je me dirige tristement vers l'étang, j'y fais apporter mon attirail de pêche, mon fidèle Jean m'attache ma ligne au bras, je m'étends en faisant un sonnet à Morphée, et je ne me réveille que lorsqu'un poisson entêté et robuste demande avec insistance : Cordon, s'il vous plaît! Voilà, mon cher enfant, la peinture exacte de mes divertissements.

MAURICE.

Mais vous avez des voisins, cependant?

LE COMTE.

Certainement, (Avec regret.) et même de charmantes voisines!

MAURICE.

Eh bien! alors?

LE COMTE.

Madame de Grandval refuse toute espèce de plaisirs.

MAURICE.

C'est une existence bien sérieuse, madame, que celle que vous avez choisie, mais peut-être est-ce la plus sage. L'isolement, dit-on, conduit au bonheur, et vraiment je serais tenté de le croire, car je suis allé le demander à des distractions de toutes sortes et... je ne l'ai pas trouvé.

JEANNE, à part, avec joie.

Il m'aime encore!

LE COMTE.

Comment, vraiment! à votre âge! Mais le bonheur est un hôte qu'on rencontre partout, dans tous les pays de la terre, car il y a partout des femmes, des fleurs et du soleil!... Le bonheur! mais il parle toutes les langues, car il y a partout des cœurs jeunes et des oreilles avides! L'homme de trente ans qui ne sait pas être heureux est malade ou amoureux! Voyons, quel est votre cas? (Il se lève.)

MAURICE, se levant également et regardant madame de Grandval.

Malade...

LE COMTE.

Tant mieux! vous m'avez fait peur! Croyez-moi, n'aimez jamais une femme assez pour en arriver à la négation de votre jeunesse, au dédain de la meilleure époque de la vie. Jouissez-en pleinement, en songeant qu'on regrette toujours de n'en pas avoir assez profité!

MAURICE.

Mais...

LE COMTE, l'interrompant.

Les femmes, voyez-vous, mon ami, sont les êtres les plus charmants, les meilleurs de la création; c'est à elles que nous devons le peu de bien que nous faisons ici-bas; ainsi,

ne croyez pas que je veuille vous prévenir contre elles. (A ce
moment il passe son bras sous celui de Maurice et fait quelques pas.) Elles ont
été mes idoles, et, en m'éloignant forcément de leurs tem-
ples, debout sur le seuil, je m'efface en laissant passer les
plus jeunes, les plus heureux, et je leur dis : (L'entraînant, et à
voix basse.) Aimez-les toutes, toutes, vous m'entendez : les rê-
veuses, les tendres, à cause de leur âme, de leur cœur qui
embaume la route et fait la vie douce et parfumée ; les rieu-
ses, les coquettes pour leur esprit, leur charme, qui séduit,
entraîne et rend le chemin si court. Aimez-les quand elles
sont vertueuses. (Plus bas encore et se rapprochant davantage de Maurice.)
Aimez-les surtout quand, grâce à vous, elles ne le sont
plus. (Haut.) Vous le voyez, mon cher, ma morale n'est ni
sévère, ni difficile à suivre ; mais je vous le répète avec autorité : N'en aimez jamais une passionnément, exclusivement, ou vous êtes perdu ! Car cette femme, fût-elle bonne
entre toutes, le jour où elle comprendra que vous êtes son
bien, sa chose, vous rivera à elle, comme un bracelet au
bras ; pendant quelque temps on se parera de vous, comme
du bijou qui plaît, de la couleur qui sied ; mais les nuances...
tendres changent si vite !... Bientôt vous serez mis dans le
carton aux souvenirs, avec les fleurs fanées, les rubans
bleus devenus jaunes, avec les papillons pris gaiement sur
une fleur par un jour de soleil et auxquels, le lendemain, on
n'a même pas accordé l'épingle traditionnelle. De temps en
temps, par désœuvrement ou un reste d'humanité, on viendra soulever le couvercle, vous dire quelques mots... dans
votre boîte... puis, enfin, quand vous serez mangé par les
mites, quand vos pauvres ailes tomberont en poussière, on
vous invitera... à vous... envoler. C'est que cela ne repousse
pas, les ailes, mon jeune ami ; servez-vous-en, morbleu ! il
n'y a que cela qui les conserve !

JEANNE, à part, inquiète, essayant d'écouter.

Je me défie de ses histoires et surtout de ses conseils...

MAURICE, gaiement, se rapprochant.

S'en servir... s'en servir... cela n'est pas toujours facile ;

jusqu'à présent elles ne m'ont servi qu'à m'en aller. Mais dites-
moi, comte, d'après vos principes, vous devez être l'ennemi
juré du mariage ?

LE COMTE.

Ceci est une autre question. Je ne me plaçais pas à ce
point de vue-là, ne croyant pas votre état si grave. Ah çà !
c'est donc une maladie noire que vous avez ?

MAURICE, souriant.

Peut-être.

LE COMTE.

En ce cas, mon cher, soignez-vous, mais ne vous suicidez
pas !

JEANNE, à part.

Pas même conséquent avec lui-même !... Il est vrai qu'il ne
sait pas...

SCÈNE VII

LE COMTE, MAURICE, JEANNE, ALICE.

ALICE, rentrant, bas à son oncle.

Tout va bien. Le garde-chasse amenait un braconnier pour
le faire pendre. Moi, je lui ai acheté notre gibier, et je l'ai
renvoyé des fins de la plainte !...

LE COMTE.

Mais...

ALICE, lui mettant la main sur la bouche.

Lucullus dîne chez lui.

JEANNE, à Maurice.

Quelle partie de l'Italie avez-vous visitée, monsieur ?

MAURICE.

L'Italie entière, madame; j'y suis resté deux ans.

JEANNE, à part, tristement.

Je le sais bien !

LE COMTE.

Alors vous avez vu Naples, Venise, Florence? Quel pays, mon cher ! J'en ai gardé un souvenir !... Il y avait de si jolies femmes ! Je vois encore, entre autres, les filles du prince Contarini, trois sœurs, trois merveilles; jamais Raphael n'eût pu rêver de modèles pareils ! Figurez-vous qu'un soir... (S'interrompant.) Mais, au fait, qu'est-ce que je vais vous raconter là? Est-ce que les vieillards ont le droit de parler de leur jeunesse!... En les entendant, on s'imagine qu'ils rêvent, et si l'on disait aux jeunes qui les écoutent : Mais cet homme a été enfant, il a porté des bonnets du premier âge, il a fait ses dents de sept ans! tous riraient sans être très-persuadés. Tenez, demandez à Alice, elle vous dira que je suis venu au monde avec mes cheveux blancs et ma canne.

ALICE, riant.

Oh ! sans canne!

LE COMTE.

Vous voyez... (Se levant.) Allons, mon ami, rentrons dans la vie pratique. Venez, je vais vous montrer les bois, les fermes, les étangs, et, suivant l'usage antique et moderne, vous sacrifier sur l'autel de la propriété.

JEANNE, à part et avec regret.

Voilà qu'il l'emmène à présent !

MAURICE.

Nous quittons ces dames ?

LE COMTE.

Elles viendront nous rejoindre si cela leur convient.

MAURICE.

Madame de Grandval n'aime pas à marcher...

JEANNE.

Mais si, monsieur. Je vous prouverai que mon oncle me calomnie volontiers. A bientôt. (Elle s'incline. — Les messieurs sortent.)

SCÈNE VIII

JEANNE, ALICE.

ALICE, avec enthousiasme.

N'est-ce pas qu'il est distingué? Quelle tournure élégante ! Oh ! c'est un homme charmant ! Aussi, au couvent, toutes ces demoiselles rougissaient quand il entrait au parloir. Et comme elles étaient aimables pour sa sœur !!!...

JEANNE, ironiquement.

Voyez-vous ces petites filles !

ALICE.

Eh bien ! Qu'est-ce qu'il y a d'extraordinaire à cela? — Mon Dieu ! que tu es singulière ! — Tu n'apprécies rien, ni personne. — Adieu, je te quitte, je vais donner des ordres pour qu'on selle mon cheval.

JEANNE, avec étonnement.

Comment ? Tu montes aujourd'hui ?

ALICE.

Oui, j'ai besoin de grand air et d'exercice pour chasser une affreuse migraine que... je viens de prendre... (A part.) Mon oncle prétend que l'amazone est mon triomphe. (Elle sort.) (Rentrant aussitôt.) Jeanne, quelle cravate faut-il mettre ? Bleue ou cerise ?

JEANNE.

Noire.

ALICE.

Noire ? Et quel chapeau ? Le Diana Vernon, le Russe ou le Tudor ?

JEANNE, avec impatience.

L'autre.

ALICE.

Vraiment ! Hier pourtant tu me disais qu'il me coiffe mal.

JEANNE, se ravisant.

C'est vrai !.. Mets celui que tu voudras, chère enfant, tu seras toujours charmante.

ALICE, gaiement.

Je vais les essayer tous les cinq ! (Elle sort.)

SCÈNE IX

JEANNE, seule, prend sa tapisserie.

Je viens d'avoir un mauvais sentiment, un mouvement de jalousie contre ma sœur. C'est mal... C'est que vraiment j'ai peur qu'il ne la trouve jolie ! Je l'aime donc alors ? Oh oui ! Et pourtant, j'ai pu vivre deux ans loin de lui. Mais..... ai-je passé un jour sans y penser ? Non ! pas un seul ! car, pour moi, ce souvenir est doublé d'un regret..... Comme il m'aimait dans ce temps-là ! Mais je quittais à peine mes vêtements de veuve ; l'épreuve avait été douloureuse, je le refusai. Hélas ! s'il savait combien je m'en suis repentie !..... Mais il ne doit pas le savoir, je ne peux pas le lui dire. A quoi bon d'ailleurs ? il ne m'aime plus ! Peut-être, même, en aime-t-il une autre ? Oh non ! cette pensée-là me fait trop de mal !..

SCÈNE X

JEANNE, ALICE.

ALICE, en costume d'amazone.

Suis-je bien ainsi? Est-ce que vraiment tu me trouves mieux que dans mon costume ordinaire?

JEANNE.

Oui, c'est très-seyant.

ALICE, allant à la glace.

Mon chapeau est-il bien posé? — Regarde comme mon corsage est large. Quel malheur! je pourrais être bien plus mince.

JEANNE.

Enfant! (Elle embrasse sa sœur.)

ALICE.

De quel côté faut-il aller?

JEANNE, riant.

A la ferme, à moins que tu ne tiennes à fuir ces messieurs.

ALICE.

Tu ne viens pas?

JEANNE.

Non, non. (Se ravisant.) Si, je vais mettre mes guêtres, et je vous rejoins à travers champs. (Elle sort par une porte latérale. — Alice se dirige vers la porte, elle rencontre un domestique qui lui remet une lettre.)

ALICE.

Tiens! c'est la lettre de Berthe; je suis en retard, je la lirai en rentrant. (Elle la met dans sa poche.— Se ravisant.) Au fait, voyons donc ce qu'elle avait de si pressé à me dire. (Elle décachette la lettre et lit. Sa figure exprime l'étonnement.) — Est-ce possible! com-

ment, lui, Maurice ! Il aime... Jeanne ! (Elle continue à lire.) Il l'a
demandée il y a deux ans... elle l'a refusé ! (Soupirant.) Et moi
qui m'imaginais... (Elle regarde son costume.) C'était bien la
peine... (Elle retire son chapeau avec humeur, et s'évente avec un mouchoir.)
Que j'ai chaud ! Ah ! madame la dissimulée !... (Elle cache sa
lettre en entendant du bruit.)

SCÈNE XI

JEANNE, ALICE.

JEANNE rentre coiffée d'un chapeau de jardin.

Tu es encore là ? Que fais-tu donc ?

ALICE.

Rien.

JEANNE.

Tu m'attendais ?

ALICE.

Non.

JEANNE.

Tu ne montes pas à cheval ?

ALICE.

Non.

JEANNE.

Mais pourquoi ?

ALICE.

Non.

JEANNE.

Je ne comprends pas, mais je vois que cela n'est pas nécessaire. Adieu, capricieuse. (Elle sort.)

SCÈNE XII

ALICE, JEANNE.

ALICE, courant à la porte.

Jeanne, j'ai la lettre de Berthe.

JEANNE.

Ah ! tant mieux !

ALICE.

Elle me raconte beaucoup de choses, tu entends ? Jeanne.

JEANNE, en s'éloignant.

Oui... j'en suis bien aise... pour toi.

ALICE.

Voyez-vous cette indifférence ! Les pensionnaires, est-ce que cela compte ? (Alice remonte la scène, retire la lettre de sa poche. — Lisant.) « Ta sœur se trompe sur ses sentiments ; il est de ton devoir de l'éclairer, de la convaincre ; d'ailleurs, tu peux tout ce que tu veux. » (Parlant.) Flatteuse ! (Lisant.) « Rappelle-toi quelle confiance on avait en toi au couvent. Tu commandais tous les mouvements d'opposition. » (Parlé.) C'est pourtant vrai. Ah ! il n'y a que cela d'amusant dans l'éducation. (Lisant.) « Souviens-toi de tes aptitudes diplomatiques. La situation est difficile : Maurice est orgueilleux et, quoiqu'aimant toujours madame de Grandval, peut-être ne fera-t-il pas une seconde démarche. » (A part, parlé.) Nous ne pouvons cependant pas lui demander sa main. (Lisant.) « D'un autre côté, il a pris vis-à-vis de ma mère l'engagement formel de se laisser marier par elle à son retour. » (Parlé.) Ah ! bah ! mais alors il n'a pas d'esprit ce garçon-là ; on ne s'engage pas comme cela ; on ne laisse pas arranger son malheur par les autres ; c'est bien le moins qu'on s'en donne la peine. Ah ! monsieur s'est engagé !

Pourquoi m'écrire alors ? D'ailleurs, que puis-je faire en un jour ? Rien, absolument rien. Décidément je ne m'en mêle pas !.. (Elle se lève. Marchant.) Si Jeanne l'aimait un peu seulement, on tâcherait..... mais je ne le crois pas. Cependant, elle est triste souvent ! Peut-être se repent-elle de son refus ? Qui sait ? (Gaiement.) Tiens... tiens..... mais alors, cela ira tout seul. Elle le lui avoue, il est ravi ! (Se reprenant.) Oh ! non ! elle ne voudra pas ! elle est si fière... Mais voyons, par exemple, moi, qu'est-ce qui m'empêcherait de.....? Je vais à lui... je lui dis..... Rien du tout. Je n'oserais jamais... c'est que c'est très-difficile, très, très-difficile. Il doit y avoir une marche pour ces choses-là; mais je suis restée si longtemps au couvent que je ne sais absolument rien..... (Réfléchissant.) Si je..... non, cela ne se peut pas. (En marchant elle va à la fenêtre et pousse un cri.) Ah ! bon ! voilà Jeanne qui revient, que lui dire ?... Si j'étais diplomate comme mon oncle.....! Mais, je ne suis pas préparée, et bravement je me sauve! (Elle rentre dans sa chambre.)

SCÈNE XIII

JEANNE, elle retire son chapeau en entrant et regarde autour d'elle.

Personne ! (Elle s'assied et prend un livre.) Je croyais retrouver ces messieurs ici... Où sont-ils donc ?... (Elle lit pendant quelques instants.) Que mon oncle est désagréable avec ses promenades ! s'il les faisait tout seul encore ! (Elle lit.) Et Alice, qu'est-elle donc devenue ? (Elle va à la fenêtre, à la porte du jardin, revient, se rassied, puis, apercevant la porte de la chambre d'Alice qui est restée entr'ouverte :) Alice, es-tu chez toi ?

ALICE, de l'intérieur.

Oui.

JEANNE.

Tu as décidément renoncé à ta promenade ?

ALICE.

Oui.

JEANNE.

Ma chère, j'arrive de la ferme, je n'ai vu personne.

ALICE, avec effroi, toujours dans la pièce voisine.

Ah ! mon Dieu ! pourvu qu'il ne soit pas reparti ! Jeanne, fais courir après lui, qu'on le ramène, il faut absolument que je lui parle.

JEANNE.

A qui ?

ALICE.

Mais à lui... à Maurice de Prémont.

JEANNE, étonnée.

M. de Prémont ?... Qu'as-tu donc de si pressé à lui dire ?

ALICE.

Je te raconterai cela tout à l'heure, mais c'est grave, très-grave ; je t'en supplie, sonne à l'instant...

JEANNE.

Quelle folie !

SCÈNE XIV

ALICE, entrant, JEANNE.

ALICE, d'un air piqué.

Tu n'es pas aimable.

JEANNE.

J'attends, ma chère, que tu m'expliques...

ALICE, l'interrompant.

Si tu me demandais une chose à laquelle ton bonheur fût intéressé !

JEANNE, ironiquement.

Ton bonheur est intéressé à ce que M. de Prémont se retrouve ?

ALICE, prenant un air embarrassé.

Mais sûrement... puisqu'il faut que je me fasse aimer de lui dans les vingt-quatre heures.

JEANNE.

Toi ?

ALICE.

Oui, moi ! sa sœur me le demande.

JEANNE.

Elle est folle !

ALICE.

Mais non, pas trop. Ah ! s'il n'avait pas le cœur parfaitement libre, je serais de ton avis.

JEANNE.

Qu'en sais-tu ?

ALICE.

Elle m'assure qu'il n'a rapporté aucun souvenir de son voyage d'Italie ; elle ajoute même que toutes les chances sont de notre côté, pour une raison qu'elle m'explique.

JEANNE.

Oh ! mais c'est une ligue en règle. Et... quels sont les conseils qu'elle te donne pour arriver à ce résultat ?

ALICE.

Elle se fie à mes inspirations.

JEANNE, railleuse.

Peut-on savoir ce que tu comptes faire ?

ALICE.

Pas l'ombre de diplomatie. Je lui parlerai de sa sœur, du

chagrin de notre séparation, de l'amitié qui nous lie; que sais-je moi? des contre-sens de la vie, qui nous rapprochent des indifférents et nous éloignent...

JEANNE, l'interrompant ironiquement.

Des aimés... Tout cela me paraît plein de cœur, bien écrit, mais jusqu'à présent je ne vois pas...

ALICE.

Je sais bien, mais c'est la pente... Notre causerie prenant un tour intime, affectueux, je lui avouerai très-franchement que mon avenir m'inquiète.

JEANNE, avec étonnement.

Ton avenir?

ALICE, continuant sans s'occuper de l'interruption.

Je lui dirai que mon bonheur en ce monde est très-problématique, mon oncle âgé, et qu'enfin je ne puis guère compter sur ma sœur, puisque, malgré sa beauté, son esprit, elle n'a encore rien su faire pour elle... (A part.) Attrape!

JEANNE, à part.

C'est vrai.

ALICE, haut.

Puis j'ajouterai : J'ai confiance en vous, monsieur Maurice; vous êtes le frère de ma meilleure amie, devenez le mien, le voulez-vous? Et si, dans vos relations, il se trouve un brave cœur qui veuille bien se contenter d'une dot de cent mille francs, pensez à moi, n'est-ce pas?

JEANNE.

Ce n'est pas mal trouvé; seulement, la proposition n'étant pas très-directe, il pourra... ne pas comprendre.

ALICE.

J'ajouterai quelque chose, s'il le faut.

JEANNE.

C'est une plaisanterie.

ALICE.

C'est une résolution.

JEANNE.

Mais, ma chère enfant, dans quel monde imaginaire te crois-tu donc? Quels livres as-tu lus pour te fausser ainsi les idées? Je t'assure que dans la vie ordinaire on ne fait pas de ces choses-là.

ALICE.

C'est possible... je n'en sais rien... j'y arrive. Mais j'inaugure une ère nouvelle, je fonde une école. Sus aux vieilles routines!

JEANNE, se levant.

Et tu t'imagines que je te laisserai faire? Je vais de ce pas prévenir mon oncle. (Elle se dirige vers la porte.)

ALICE, allant à elle.

Ne fais pas cela, Jeanne, je t'en supplie; si tu savais comme Berthe est malheureuse!...

JEANNE, vivement.

Mais de quoi? Pourquoi? Quel intérêt a-t-elle?...

ALICE, l'interrompant.

Quel intérêt! Mais tu ne sais donc pas?

JEANNE.

Non.

ALICE.

Eh bien! si dans quinze jours M. de Prémont n'a pas fait un choix, sa mère lui fera épouser mademoiselle de Ferrière. (A part.) La flèche du Parthe!

JEANNE, tremblante.

Lui..... Maurice.....

ALICE, bas.

Elle l'aime! Ah! je l'avais deviné. (Haut, se rapprochant de sa sœur, Avec hésitation.) Est-ce que tu souffres ?

JEANNE, avec effort.

Non, merci. (Elle s'asseoit, et d'une voix émue.) Tu disais...

ALICE vient s'asseoir auprès de Jeanne. A part.

Elle se remet vite. (Haut.) Eh bien ! ma chère, il paraît que ce pauvre Maurice aime depuis longtemps une femme coquette et sans cœur... (Jeanne fait un mouvement.) Espérant se distraire et l'oublier, il est parti pour l'Italie. Sa mère qui l'adore, comme tu le sais, et qui voyait cette séparation avec un chagrin extrême, lui a fait promettre qu'il reviendrait au bout de deux ans, et que, guéri ou non de sa passion, il se laisserait marier par elle. Il est revenu. Guéri ? On ne le croit pas ; mais c'est un honnête homme, et il tiendra sa promesse.

JEANNE, avec hésitation.

S'il aime encore cette femme... pourquoi ne l'épouse-t-il pas ?

ALICE.

Pourquoi ? Mais parce qu'en le refusant, on ne lui a pas laissé d'espoir.

JEANNE.

Peut-être y avait-il alors des obstacles ?

ALICE.

Aucun... elle ne l'aime pas, voilà tout. Car si elle l'aimait, en apprenant qu'il va en épouser une autre.. car elle l'apprendra certainement, elle trouverait un moyen quelconque...

JEANNE, avec hésitation.

Cela n'est pas toujours facile.

ALICE.

Si fait ! tout est facile quand on aime : une conversation

adroitement amenée... un regard, un soupir... et l'on s'est fait comprendre.

JEANNE, à part.

Il n'y a que le printemps pour avoir de ces hardiesses-là !

ALICE.

Je voudrais la connaître, et n'importe où, fût-ce au bal, au milieu de la foule, près d'elle comme je suis là près de toi, je me pencherais à son oreille (Elle se penche vers sa sœur.) et je lui dirais, (Jeanne la regarde d'un air interrogateur.) je lui dirais..... Jeanne, tu l'aimes et tu laisses passer le bonheur !

JEANNE, lui fermant la bouche.

Tais-toi, les voici. (On entend des voix.)

ALICE, elle va à la fenêtre, puis revient, mettant le doigt sur ses lèvres.

Parlons bas, hâtons-nous, que veux-tu faire ?

JEANNE.

Rien... je ne sais.

ALICE.

Très-bien !... Alors laissons-le épouser sa cousine.

JEANNE, très-haut.

Jamais ! (On entend des pas.) Viens... (Elle entraîne sa sœur et disparaît avec elle derrière une portière.)

SCÈNE XV

LE COMTE D'ARTIGUES, MAURICE DE PRÉMONT,
passant devant la porte.

LE COMTE D'ARTIGUES.

Allons donc ! rentrer déjà sans vous avoir montré mes cochinchinois... des médaillés...

8.

MAURICE.

Je craignais de vous fatiguer...

LE COMTE.

Si cependant cela vous ennuyait...

MAURICE.

Oh ! par exemple !

LE COMTE, faisant quelques pas dans le salon.

D'ailleurs, ces dames ne sont pas ici.

MAURICE, le suivant, à part.

Elle me fuit, c'est évident.

LE COMTE passe son bras sous celui de Maurice et l'entraîne.

Venez. (Ils sortent. On entend la voix du comte.) Figurez-vous, mon cher, qu'on vient de me prévenir qu'un furet s'est introduit nuitamment dans le camp des cochinchinois. Allons voir ça. — Jean avait la figure renversée. Il doit y avoir quelque malheur !

SCÈNE XVI

JEANNE, ALICE.

ALICE, sortant de sa cachette et tirant sa sœur après elle, la conduit vers la porte et lui montre Maurice.

Pauvre garçon ! vois comme il a le dos triste. Que c'est mal de s'être fait un méchant plaisir de le désespérer !

JEANNE.

Peux-tu dire cela ! J'en ai bien souffert aussi, va !

ALICE.

Mais alors, pourquoi ?...

JEANNE.

Parce que je n'ai pas été heureuse, et que maintenant je

suis en défiance; si j'ai refusé le bonheur, c'est que j'ai craint de ne le savoir pas garder.

ALICE.

Orgueilleuse et modeste !

JEANNE.

Je sens d'ailleurs que celui-là, s'il me vient jamais, sera plein d'inquiétudes et de souffrances. Comme l'avare, je tremblerai toujours pour mon cher trésor... Je serai jalouse... jalouse de tout, de..... Je ne rêverai que voleurs ! Chaque femme élégante et belle sera une ennemie. Puis, viendra le jour où j'épierai avec angoisse les symptômes alarmants de l'habitude, du temps, cet ennemi qui endort toute chose, même la joie, comme s'il n'avait pas assez à faire auprès des malheureux !.....

ALICE.

Comment, c'est toi, Jeanne, si froide en apparence !.... Mais pourquoi prendre le rôle au tragique ? Est-ce qu'on ne peut pas aimer son mari tout doucement, sans soupçons, sans jalousie ?

JEANNE, vivement.

Non, car la jalousie, c'est la signature de l'amour.

ALICE, riant.

Tu feras de l'anonyme.

JEANNE.

Enfant ! qui raisonne sans comprendre !

ALICE.

Et toi qui déraisonnes en comprenant..... Allons, ma petite Jeanne, va vite t'habiller, fais-toi très-jolie. Je vais m'occuper de ton bonheur. (Elle l'embrasse.) Va ! va ! tâche de m'envoyer mon oncle.

JEANNE s'éloigne et, arrivée à la porte, se retourne.

Surtout!!!...

ALICE.

Soyez tranquille, madame, on aura soin de votre dignité !

SCÈNE XVII

ALICE.

Je fais la brave, mais au fond je suis inquiète. Jour de
Dieu ! comme dit mon oncle, j'ai peur de n'en pas sortir à ma
gloire..... Si je réussissais pourtant... comme il serait heureux !... marier Jeanne, c'est son rêve ! Mais j'y pense, il le
serait bien davantage si on lui en laissait tout l'honneur !...
Comment faire ? C'est difficile, ne pouvant lui rien confier :
Jeanne l'exige. Il faut pourtant que je me serve de lui.......
indirectement ; moi, je n'oserai jamais. Voyons, je vais préparer la table d'écarté ! Il aime le jeu. Je le laisserai gagner,
cela le disposera bien et me donnera le temps de réfléchir.
(Elle arrange une table à jeu avec cartes et jetons.) C'est cependant ma
conférence la plus facile, celle-ci ! Je me sers mon pain blanc
le premier !..... Quand viendra le tour du prétendant à encou-
rager !..... Ah ! mon Dieu ! (Elle se cache le visage.)

SCÈNE XVIII

MAURICE DE PRÉMONT, ALICE.

MAURICE, arrivant haletant dans l'encadrement de la porte.

Plus un carthaginois ! non, cochinchinois ! Oh ! qui que tu
sois, renard ou furet, sois béni, animal sanguinaire ; grâce à
ton carnage, à la consternation du comte, j'ai pu m'échapper
enfin !..... Quelqu'un !..... (D'un air de regret.) C'est sa sœur.

ALICE, apercevant Maurice.

Ah !.....

MAURICE.

Je vous ai fait peur, mademoiselle?

ALICE.

J'attendais mon oncle.

MAURICE, regardant la table.

Pour jouer aux cartes?

ALICE.

Il le faut bien, il a la passion du jeu.

MAURICE.

Et vous la partagez?

ALICE.

Non vraiment, je me sacrifie.

MAURICE.

Il en est toujours ainsi; dans toutes les passions possibles il y a une victime... même dans celle qu'inspire la dame de trèfle.....

ALICE.

Et la dame de cœur?...

MAURICE.

Surtout quand c'est la dame de cœur. Seulement, la victime est du masculin.

ALICE.

Oh! vraiment!

MAURICE.

C'est comme ça: et vous la première, mademoiselle, avec vos grands yeux, vos cheveux blonds et votre sourire d'ange, vous ferez souffrir cruellement une foule de pauvres gens.

ALICE, l'interrompant.

Par exemple...

MAURICE.

Oh! vous n'y mettrez pas une méchanceté absolue, je vous

crois trop de loyauté ; mais vous êtes créée et mise au monde
pour cela, (Riant et s'inclinant.) et vous avez tout ce qu'il faut
pour remplir fidèlement votre mandat.

ALICE.

Eh bien ! franchement, j'en serais très-désolée ; car je ne
me croirais pas autorisée à une indifférence complète vis-à-
vis d'un chagrin que j'aurais causé. Je me trouverais obligée
à de petits ménagements, à des semblants affectueux, et ce
rôle... moral de sœur de charité doit être fastidieux... sans
la vocation.

MAURICE.

C'est vrai : aussi ne devrait-on jamais en vouloir aux
femmes qui dédaignent un amour qu'elles ne partagent pas...
Mais le moyen d'être impartial quand on est intéressé ? et de
ne pas crier quand on vous fait souffrir ?

ALICE.

Vous parlez avec une amertume qui me donne l'envie de
connaître vos secrets. Voulez-vous vous y prêter ?

MAURICE.

Non pas...

ALICE.

Je vous demande si peu de chose ! Asseyez-vous là, en
face de moi. (Maurice s'assied.) Bien. Maintenant, coupez ce jeu
de cartes. (Maurice avance la main droite.) Oh ! pas de cette main-
là ! la gauche s'il vous plaît !

MAURICE.

Bah ! qu'est-ce que cela fait ?

ALICE.

Profane ! C'est d'une importance énorme... (Maurice coupe les
cartes de la main gauche.) Encore une fois... une troisième. (Maurice
obéit.) Bien. C'est tout. (Elle prend alternativement les trois paquets et
regarde les cartes de dessus.) Mon Dieu ! comme ces cartes sont
tristes ! (Elle les range sur la table.) Tiens, tiens, j'avais bien raison de flairer un mystère... le voilà écrit.

MAURICE, vivement.

Quelle folie !

ALICE.

Ah ! vous ne croyez pas à ma science ? Eh bien ! vous allez voir...

MAURICE.

Je parie d'avance qu'il n'y aura pas un mot de vrai. Pardon de ma franchise.

ALICE.

Du moment que vous niez de parti pris, n'en parlons plus. (Elle recule sa chaise.)

MAURICE.

Continuez, je vous prie ; je croirais que vous m'en voulez... puis, c'est toujours amusant.

ALICE.

Mais, nous ne sommes pas ici pour nous amuser, c'est très-sérieux. Je vais lire dans votre passé, votre présent, à livre ouvert. J'irai même jusqu'à l'avenir, si vous vous en sentez le courage.

MAURICE.

Mais, je ne sais pas trop ; votre foi m'ébranle... et puis... j'ai peur des sorcières... jeunes.

ALICE, d'un air déterminé.

Voulez-vous, oui ou non ?

MAURICE, bravement.

Je veux. (Ils se rapprochent de la table.)

ALICE reprend les cartes et les range en cercle ; elle prend un couteau à papier.

Je commence. (Elle compte les cartes jusqu'à sept, du bout de son couteau.) Vous venez, monsieur, de faire un voyage. Vous semblez sous le coup d'une profonde tristesse... rentré en France à regret... (Elle compte les cartes de nouveau.) Vous êtes rappelé

par une femme. (Hésitant.) Je crains d'être indiscrète... Oh !
non, elle est âgée, et les cartes qui l'entourent indiquent
qu'elle a sur vous une sorte d'autorité, comme qui dirait
une mère, par exemple... Vous avez la vôtre, n'est-ce pas ?

MAURICE, riant.

Elle m'a chargé de la rappeler à votre bon souvenir.

ALICE.

Ne riez pas. Je m'isole complétement de ce que je peux
savoir ; vous n'êtes pas pour moi, en ce moment, M. Maurice
de Prémont ; vous êtes un monsieur que je ne connais pas,
que je n'ai jamais vu, sur lequel je ne sais quoi que ce soit,
mais auquel je dis ce que je vois là : bien et mal.

MAURICE, à part.

Elle est étonnante, Dieu me pardonne, et de bonne foi !

ALICE.

Une, deux, trois, quatre, cinq, six, sept... Vous avez eu,
il y a quelque temps... (Elle s'arrête.)

MAURICE.

Quoi ?

ALICE.

Je ne sais vraiment si je dois...

MAURICE.

Dites... ne craignez rien.

ALICE.

C'est que je vois un échec... un refus.

MAURICE.

Allez, allez, mademoiselle.

ALICE.

C'est que cette démarche me semble avoir un caractère sérieux ; on dirait une offre de mariage...

MAURICE, dominant son trouble.

Ah !...

ALICE, vivement.

Et vous aimiez la jeune fille...

MAURICE, souriant.

J'aimais la jeune fille...

ALICE.

Voyons les dispositions de la fiancée ! Une, deux, trois...
Je la prends en dame de cœur. Suivez-moi. (Elle compte du bout
de son couteau.) Vous lui plaisiez ! Oh ! mais, beaucoup... Voyez-
vous tous ces cœurs ?

MAURICE, se rapprochant.

Tiens, tiens, je lui plaisais ! Eh bien ! c'est toujours agréable
à entendre, même quand cela n'est pas vrai.

ALICE.

Pourtant elle hésite... C'est étrange ; des influences sans
doute ; le père, la mère peut-être ? (Elle compte.) Une, deux,
trois, quatre, cinq, six, sept... Non, personne autour d'elle.
Seule !... Quelle singulière chose ! (Se frappant le front.) Ah !
c'est qu'elle est orpheline ! A moins que ce ne soit... une
veuve. (Elle s'arrête.)

MAURICE.

Continuez, je vous en prie.

ALICE.

Je ne vois plus rien... Vous semblez sombre, découragé,
vous tournez le dos à vos anciens projets.

MAURICE.

Et la dame de cœur ?

ALICE.

La dame de cœur ? Elle est entourée aussi de cartes noires
qui indiquent également de la tristesse, du dépit. (Riant.) Peut-
être qu'elle regrette... mais, alors, pourquoi ne s'explique-
t-on pas ? Ah ! je n'y comprends rien !... Quel singulier jeu !..

9

MAURICE, à part.

Et quelle singulière chose ! Est-ce que madame de Grand-val...? Oh! non... (Alice relève vivement les cartes.)

MAURICE, avec regret.

Comment ! c'est déjà fini ?

ALICE.

Oui, oui! Si Jeanne ou mon oncle entraient, je serais gron-dée !... On m'a défendu de faire les cartes.

MAURICE.

Pourquoi ?

ALICE.

Parce que tout le monde y croit ici.

MAURICE.

Sérieusement ? (Alice fait un signe affirmatif.) Mais si vraiment vous avez cette science, c'est de la cruauté de me laisser ainsi, vous ne m'avez rien dit de l'avenir.

ALICE.

Un autre jour,...

MAURICE.

Non, tout de suite, je vous en prie ! si vous saviez comme j'ai besoin de savoir...

ALICE, à part.

Je m'en doute... (Haut.) Alors seulement la surprise, car autrement ce serait trop long. (Elle reprend les cartes et les ouvre en éventail. — A Maurice.) Vite, de la main gauche, prenez treize cartes... l'une après l'autre... (Maurice prend des cartes et compte jus-qu'à treize; Alice les réunit, les lui donne à couper, regarde attentivement, les range et compte bas du bout de son couteau à papier, puis, regardant Maurice très-sérieusement, après l'avoir fait attendre un peu.) Monsieur de Prémont, vous épouserez la femme que vous aimez, parce qu'elle vous aime ! (A part.) Ouf ! j'ai compromis ma sœur ! (Le comte paraît dans l'encadrement de la porte. Alice, avec surprise.) Mon oncle !... (Elle dérange vivement les cartes et prend sa tapisserie.)

MAURICE.

Quel contre-temps !

SCÈNE XIX

LE COMTE, MAURICE, ALICE.

LE COMTE, à Maurice.

Ah ! vous voilà ? Vous êtes venu la prévenir ?... Le malheur est encore plus complet qu'on ne le croyait d'abord : on vient de découvrir de nouveaux cadavres !

ALICE, avec effroi.

Ah ! mon Dieu ! il y a quelqu'un d'assassiné ?

LE COMTE.

Il ne t'a donc pas dit ?...

ALICE.

Quoi ?

MAURICE, embarrassé.

J'ai pensé que mademoiselle Alice devait avoir des proté-gés parmi les victimes... J'ai craint de l'impressionner... Je la préparais... (Tout en parlant, il s'est rapproché d'Alice. — Bas à son oreille.) La basse-cour est étranglée !

ALICE, vivement.

Oh ! (A part.) Il appelle cela me préparer ! (Haut.) Mais c'est affreux, mon oncle ! (Puis, après un moment de silence.) Qu'est-ce qu'on mangera, maintenant ?

LE COMTE.

Voilà l'oraison funèbre d'une basse-cour qui faisait l'hon-neur du département !... des premiers prix dont on recher-

chait l'alliance !... les plus beaux noms de France, car je leur
avais donné des noms : Bayard, Vauban, Don Juan, saignés
comme des poulets !

MAURICE, à part.

Qu'ils étaient...

ALICE.

Et la Dubarry ?

LE COMTE.

Étranglée !

MAURICE, étonné.

La Dubarry ?

LE COMTE.

Oui, monsieur, une adorable poule blanche; ainsi nommée
à cause de la faveur très-marquée d'un coq de la grande espèce. Jeanne sait-elle ?...

ALICE.

Je ne crois pas.

LE COMTE.

Il faut l'avertir.

MAURICE, avec empressement.

Si vous voulez permettre, comte, j'irai au-devant de madame de Grandval...

LE COMTE.

Oui, je vous en prie. (Maurice sort.)

LE COMTE, le rappelant.

Prenez des précautions ! elle adorait ses bêtes !

ALICE.

Monsieur Maurice va la préparer ! (Maurice sort.)

SCÈNE XX

LE COMTE, ALICE.

ALICE, s'approchant de son oncle, d'un air câlin.

Voulez-vous faire un petit écarté pour vous consoler ?

LE COMTE.

Non, vraiment.

ALICE.

Ainsi vous voilà en deuil ? Il ne manquait plus que ça !

LE COMTE.

Voir naître de pauvres petites bêtes, suivre et surveiller leurs progrès, s'y intéresser, s'y attacher, ma foi ! et tout cela pour qu'un assassin de renard...

ALICE, l'interrompant, avec une feinte tristesse.

C'est vrai ! Les soigner, les engraisser tendrement, et se dire en se frottant les mains : Dans huit jours ils seront à point !... tout cela pour qu'un assassin de renard...

LE COMTE, vivement.

Tu raisonnes comme une gourmande !

ALICE.

Et vous comme un philanthrope ! Oh ! je sais !... (Riant.) Allons, embrassez-moi, et n'y pensez plus ! On vous en empâtera d'autres !... (Elle l'embrasse. — S'asseyant près de lui.) Dites donc, mon oncle, comment se fait-il qu'avec un cœur si tendre vous ne vous soyez pas marié ?

LE COMTE.

A cause de cela...

ALICE.

Voulez-vous que je vous dise, moi, pourquoi ? Parce que vous ne savez ni vous décider, ni vouloir.

LE COMTE.

Que me chantes-tu là? Où as-tu vu cela?

ALICE, regardant autour d'elle mystérieusement et baissant la voix.

Mais, ici même.

LE COMTE.

Explique-toi.

ALICE.

Vous désirez ardemment marier ma sœur, n'est-ce pas?

LE COMTE.

C'est mon vœu le plus cher.

ALICE.

Comment alors n'y êtes-vous pas parvenu? Voilà ce que je ne puis pas comprendre.

LE COMTE.

C'est aisé, pourtant... Nous ne voyons âme qui vive; je n'ai jamais eu personne sous la main, et je pourrais à ce propos te citer un proverbe de cuisinière, qui dit que pour faire...

ALICE, l'interrompant.

Il faut un lièvre... Eh bien! vous l'avez.

LE COMTE, regardant autour de lui.

Où ça?

ALICE.

Ici; il y est venu de lui-même.

LE COMTE.

Qui donc?

ALICE.

Mais, Maurice de Prémont, que le ciel vous envoie!...

LE COMTE.

Maurice!... Ah! un instant! il est mon hôte, et, à ce titre,

il m'est sacré. Si j'avais écrit sur ma porte : « Ici, l'on dé-
trousse les voyageurs ! » et qu'il fût entré quand même, ma
conscience serait à l'abri ; et je le sacrifierais, tu peux y
compter. Mais, il est venu plein de confiance, sur la foi
d'une invitation, sous le prétexte d'une partie de chasse, je
ne l'ai pas prévenu qu'on tirerait sur les chasseurs.

ALICE.

En effet, il serait bien à plaindre d'épouser une femme
charmante, ornée de toutes les vertus.

LE COMTE.

Qu'importe, s'il ne l'aime pas !

ALICE, vivement.

Il doit l'aimer, (Se reprenant.) ou il l'aimera après ; on dit que
cela vient toujours...

LE COMTE.

C'est une grande erreur... Tiens, j'ai connu jadis une jeune
fille qu'on voulut à tout prix marier à un homme qui lui déplaisait. « Mais, je ne l'aime pas, miss Kate ! » disait-elle à sa
gouvernante en se lamentant ; et miss Kate lui répondait
avec son calme britannique : « Cela viendrait, cela venait tôjor
après... » Plus tard, j'eus l'occasion de rencontrer cette jeune
femme, et, me racontant cette histoire, elle ajoutait ingénu-
ment : «Eh bien! non, mon ami, non, cela n'est jamais venu.»

ALICE, riant.

C'est très-joli.

LE COMTE, à part.

J'aurais mieux fait de me dispenser de lui conter cela.
Jeanne a raison, je ne suis pas fait pour former des rosières.
(Se levant, en marchant vers Alice.) Tu disais donc que ta sœur est
une perle ?

ALICE.

Oui, et sertie dans cinquante mille livres de rente, ce qui
ne gâte rien.

LE COMTE.

C'est vrai, mais... que veux-tu ? il ne s'en rend pas compte, cet aveugle Maurice.

ALICE.

Eh bien !... ouvrez-lui les yeux... morbl... !

LE COMTE.

Vous dites ?

ALICE.

Rien... Je dis que c'est dommage que je ne sois pas vous ! Dans une heure, l'affaire serait arrangée.

LE COMTE.

Tudieu ! quelle confiance ! Voyons, donne tes idées.

ALICE.

Des idées, à vous, maître ?...

LE COMTE.

Mais, ceci est plus difficile qu'une mission du gouvernement.

ALICE.

Allons donc ! Il n'est besoin que d'une petite diplomatie de chambre, à l'usage des familles...

LE COMTE.

Je veux bien essayer...

ALICE.

Bravo ! c'est dit !... (Elle regarde à la fenêtre.) Tenez, je l'aperçois là-bas. Allez...

LE COMTE.

Non ! j'aime mieux l'attendre ; il faut que je combine mon plan d'attaque.

ALICE.

Je me retire alors, si c'est ici que doit s'engager l'action. Adieu ! bonne chance !... Que l'ombre de M. de Talleyrand vous conseille !... (Elle lui envoie un baiser de la main et sort.)

SCÈNE XXI

LE COMTE, d'un air soucieux.

Si cette petite m'avait soufflé cette idée-là ce matin, je ne me serais pas laissé aller devant lui à ma verve anti-matrimoniale. A présent, la chose est moins facile. Je ne suis pas l'homme des transitions brusques. (Il marche et se dirige vers la fenêtre. Apercevant Maurice.) Il se promène plein de confiance, fier de ses trente ans, heureux de sa liberté, sans se douter que sa tête est mise à prix !... Pauvre garçon ! C'est vraiment dommage ! (Réfléchissant.) Après tout, il ne sera pas bien à plaindre, et beaucoup de gens pourraient, sans y perdre, changer leur bonheur contre le prétendu malheur que je lui prépare. Prépare !... prépare ! Tout cela est bel et bon, mais il faut préparer la préparation, d'abord ! (Il s'assied.) Je vais commencer par lui faire une peinture rose et variée... variée surtout, des douceurs de l'hymen. (A ce moment, Maurice paraît.) Ah diable !... déjà lui !...

SCÈNE XXII

LE COMTE, MAURICE.

LE COMTE.

Eh bien ! mon cher ami, avez-vous rencontré ma nièce ?...

MAURICE.

Je venais de rejoindre madame de Grandval, lorsque nous avons été arrêtés par une femme tout en larmes qui l'a priée de venir voir son enfant malade.

LE COMTE.

Ces diables d'enfants sont créés et mis au monde pour faire le tourment de ceux qui les aiment ! (A part.) Sapr... j'oublie !

9.

MAURICE.

Oui! mais aussi que de joies et de plaisirs ils leur donnent!

LE COMTE, à part.

Ah! il y vient de lui-même. Bien... Par ma foi! il ne l'aura pas volé!... (Haut.) C'est vrai, c'est là le but!... l'avenir!... Hors de cela, il n'y a rien de sérieux dans la vie! Il y a longtemps, allez, que je me le suis dit... (A part.) pour les autres !...

MAURICE.

Alors ! comment se fait-il...

LE COMTE, l'interrompant vivement.

Que je ne me sois pas marié, n'est-ce pas?... Et le sait-on ?... On se contente de vivre sans prévoir, de même qu'on place son capital sans renseignements, uniquement pour toucher de gros intérêts. On est jeune, on ne croit pas au temps, ce marcheur infatigable, ou du moins on n'y croit que pour le voisin, et on va, jetant son or et son cœur aux quatre vents de la fantaisie et du caprice, prenant pour argent comptant ces liaisons éphémères, feux follets de l'amour, qui donnent à peine le plaisir dans le présent, sans rien préparer pour l'avenir.

MAURICE.

Mais, est-ce bien vous, comte?...

LE COMTE, continuant vivement.

Puis, un beau jour, la jeunesse met la clef sous la porte ; on se réveille vieux, c'est-à-dire ruiné. Alors, arrivent en foule les misères de la vieillesse, les tristesses de l'isolement. On voit tomber autour de soi ses amis, ses contemporains ; on sent qu'on devient chaque jour la personnification de l'égoïsme ; car il faut la défendre soi-même, la garder, cette vie qui n'est utile à rien, ni demandée par personne !... Ah! vrai !... c'est humiliant !...

MAURICE.

Oh ! pour le coup, vous exagérez !

LE COMTE.

Non !...

MAURICE.

Cependant... tantôt...

LE COMTE, à part.

Nous y voilà !

MAURICE.

Vous me donniez des conseils...

LE COMTE, l'interrompant vivement.

Devant ces dames... oui, oui... je me souviens. (D'un air mystérieux.) J'avais une raison.

MAURICE.

Ah! pourtant, ce matin en déjeunant, voici ce que me disait votre ami, M. de Moy. Vous me permettez de citer?

LE COMTE.

Certainement.

MAURICE.

Ce diable de d'Artigues, disait-il, est le type du célibataire. Il l'est par vocation, par entêtement, ma parole d'honneur !...

LE COMTE, l'interrompant.

Il aurait pu ajouter : Par nécessité.

MAURICE, reprenant.

Figure-toi, mon cher enfant, ajoutait M. de Moy, que lorsque je suis là, cloué sur mon fauteuil, goutteux, malade, isolé, si j'ai le malheur de me plaindre, il me dit que je ne suis pas digne de mon bonheur, et de l'honneur d'avoir fait partie de la glorieuse corporation des célibataires !...

LE COMTE.

Bah! bah! il me fait parler et me prête ce qu'il pense.

MAURICE.

Comment se fait-il alors, comte, qu'un si chaud partisan

du mariage ne prêche pas un peu cette bonne doctrine autour
de lui?...

LE COMTE.

Mais, je ne fais pas autre chose, mon ami ; j'y perds mon
temps, mon éloquence ; ma nièce est la veuve la plus opi-
niâtre qu'on puisse voir.

MAURICE, timidement.

Donne-t-elle une raison?...

LE COMTE.

Aucune !

MAURICE.

Il y a peut-être un secret ?

LE COMTE.

Ah bien! oui!... (Se ravisant.) Après cela, avec les femmes,
on ne sait jamais... Peut-être une inclination. (A part.) Il va
s'imaginer que c'est lui... Ils sont tous les mêmes!

MAURICE, d'un air heureux.

C'est possible! Autrement, comment expliquer ce parti
pris ?

LE COMTE.

Je ne l'explique pas! Ce n'est pas évidemment la satiété
d'un cœur qui a aimé. A ma connaissance, cela ne lui est
jamais arrivé.

MAURICE, à part.

Quel plaisir il me fait!...

LE COMTE.

Ce n'est pas non plus l'expérience d'un esprit qui a sévèrement observé. Non, c'est un mélange de sagesse, de défiance des autres, d'humilité pour elle-même, qui la conduit
dans une voie de sacrifice.

MAURICE.

Mais il faut lui barrer cette route-là!... vous mettre en
travers, et au besoin appeler à vous du renfort.

LE COMTE.

Le renfort manque à Longueville, c'est là le malheur ; car si nous vivions de la vie de tout le monde, Jeanne serait entourée, courtisée ; elle aurait auprès d'elle ces hommages, ces semblants d'affection qui sont les revenants bon, le casuel de l'existence féminine, et, forcément, elle arriverait à trouver ici-bas quelque chose de préférable à la solitude... à l'abandon...

MAURICE.

Quel dommage !... Et dire qu'il y a tant de gens qui seraient si heureux de vous venir en aide !

LE COMTE.

Vous croyez ?...

MAURICE.

J'en suis sûr !... Pour ma part... même, si j'osais, je m'offrirais... comme renfort.

LE COMTE.

Je serais heureux de vous avoir pour complice, mais...

MAURICE, vivement.

Mais vous ne me trouvez pas à la hauteur du rôle... Soyez franc...

LE COMTE.

Ce n'est pas cela ; seulement, il vous manque le feu sacré. (A part.) Je l'allume...

MAURICE.

En êtes-vous bien sûr ?

LE COMTE.

Comment ? vraiment ? Mais, alors, cela va très-bien, et il est impossible qu'un jeune et charmant garçon comme vous, un oncle comme moi, nous n'ayons pas, à nous deux, raison de cette mauvaise petite tête. Jour de Dieu ! nous verrons bien ! (A part.) Je joue là un singulier rôle !... Mais, bah !...

(Haut.) Il est bien entendu, mon ami, que ceci est une plaisanterie qui n'engage à rien...

MAURICE.

Ah ! ah ! vous prenez déjà vos sûretés ?

LE COMTE.

Comment ça, mes sûretés ?

MAURICE.

Voilà un pauvre garçon, pensez-vous, qui va prendre son rôle au sérieux, et, en quarante-huit heures, devenir amoureux fou de ma nièce, qui ne lui fera pas même l'honneur de s'en apercevoir. Mettons donc notre conscience à l'abri, en l'avertissant que cela n'engage... que lui.

LE COMTE.

Je ne peux pas répondre des bonnes dispositions de ma nièce.

MAURICE.

Aussi, n'est-ce pas madame de Grandval que j'aurais le mauvais goût de mettre en cause ; je parle de vous, comte, de vous seulement...

LE COMTE.

Je ne comprends pas... Expliquez-vous...

MAURICE, réfléchissant.

Non, tenez, c'est inutile... je renonce ; ce serait trop de témérité... car, vous l'avez deviné : le programme s'accomplirait de point en point. J'irais, de gaieté de cœur, me heurter à une difficulté... qui pourrait devenir une déception, un chagrin, et, n'ayant pas écouté le cri de casse-cou que vous m'avez jeté au départ, c'est à peine si j'oserais me plaindre. Qui sait ? peut-être même, me voyant revenir triste et malheureux, vous écarteriez-vous de moi avec indifférence et ennui, en disant : Mais aussi, pourquoi diable s'est-il grisé en chemin ?

LE COMTE.

Non, je ne pourrais vous faire un reproche d'une chose

toute naturelle ; j'ai été jeune, je me souviens. Je vous dirais : Mon cher enfant, je suis aux regrets que vous n'ayez pas réussi ; j'aurais été heureux de vous avoir pour neveu.

MAURICE, lui serrant la main avec effusion.

Merci, comte ; voilà de quoi me rendre fier et presque confiant ! Vite, donnez-moi vos bons conseils, vos instructions. J'ai hâte de vous prouver mon zèle !... Je crois que j'entends la voix de madame de Grandval... je vais... (Il veut sortir, le comte le retient vivement.)

LE COMTE.

Pas si vite !

MAURICE, à part, d'un air soucieux.

Mon allié me gêne déjà ! (Le comte fait asseoir Maurice près de lui, sur un canapé, au fond.)

LE COMTE.

Avant de livrer une bataille, les généraux se consultent et s'entendent... (Ils se mettent à parler bas. — Les deux jeunes femmes paraissent en même temps, Alice à la porte de sa chambre, Jeanne à la porte de la sienne ; elles se rejoignent sur la pointe du pied, derrière le canapé où causent ces messieurs ; elles sont abritées et cachées par les rideaux de la fenêtre.)

SCÈNE XXIII

LES MÊMES, ALICE, JEANNE.

ALICE, à mi-voix, sortant un peu la tête de sa cachette.

Je crois qu'ils conspirent ! Mon oncle est un grand homme. Tu as vu Maurice ?

JEANNE, troublée.

Un instant... (A ce moment les voix s'élèvent. On entend la conversation de ces messieurs.)

LE COMTE.

Quand on n'est pas de bonne foi, on réussit toujours.

JEANNE, se montrant.

Hein ?

LE COMTE.

Mais si l'on se sent entraîné vers une femme de cœur, il faut l'aimer simplement, sans ruses ni mensonges, et, pour la convaincre, tâcher d'être convaincu. (Jeanne fait un signe d'approbation.)

ALICE, à sa sœur.

A quoi bon tout cela ?

JEANNE.

Il repasse ses auteurs. Cela l'amuse de feuilleter sa jeunesse.

LE COMTE.

Eh bien ! malgré sa froideur apparente, je range Jeanne dans cette catégorie ; mais elle a des défauts qu'il faut que je vous signale... (Maurice fait un geste de dénégation.)

JEANNE, bas.

Merci bien.

LE COMTE, à part.

Je vais les choisir attrayants !... (Haut.) D'abord, en vraie fille d'Ève, elle est très-capricieuse...

JEANNE, à mi-voix.

Quel mensonge !

LE COMTE.

Hein ?... (Les deux femmes se cachent derrière le rideau. Le comte parcourt la pièce du regard.) J'avais cru entendre... (Reprenant.) Le jugement est droit, ferme, mais, comme l'esprit est brillant, il est quelquefois paradoxal.

JEANNE, à sa sœur.

Est-ce vrai ?

ALICE.

Non. Ton plus grand tort est d'avoir toujours raison.

LE COMTE.

Orgueilleuse depuis la pointe des cheveux...

MAURICE.

Elle les a bien beaux !

LE COMTE.

Jusqu'à la plante des pieds...

MAURICE.

Ils sont si petits !

LE COMTE.

La tête est changeante, mobile ; l'imagination joue un grand rôle dans ses sentiments...

JEANNE, à sa sœur.

Est-il possible de calomnier quelqu'un ainsi ?

LE COMTE.

Et malgré cela, très-exigeante en affection ; dévouée, il est vrai, oh ! jusqu'à l'abnégation la plus absolue, mais le cœur est despote, très-despote...

JEANNE.

Viens, viens, que je l'interrompe... il va tout gâter !

ALICE, la retenant.

Non ; laisse-lui achever son petit travail. C'est peut-être très-fort ce qu'il fait là.

LE COMTE.

Tenez, Alice a une organisation toute différente. Elle est vive, démonstrative, oublieuse. C'est un oiseau, une fleur!

MAURICE, avec entrain.

Elle est charmante !

JEANNE, regardant sa sœur.

Mais, c'est une trahison !

LE COMTE.

Tandis que Jeanne...

JEANNE, s'avançant résolûment vers son oncle.

Tandis que Jeanne a tous les défauts...

LE COMTE.

Comment, tu étais là ?

JEANNE, vivement.

Oui, mon oncle. J'écoute aussi aux portes ; vous avez oublié celui-là !...

LE COMTE, à part.

J'aurais juré qu'elle dérangerait mon plan !

JEANNE.

Voyons, qu'ai-je pu faire pour que vous disiez tant de mal de moi à M. de Prémont ? (Le comte ne répond pas, et fait un mouvement d'épaules.)

ALICE, bas à son oncle.

Est-ce cela que vous m'aviez promis ?

LE COMTE, avec humeur.

J'y arrivais !...

ALICE, à part.

Par le chemin des écoliers !...

JEANNE.

Vous m'avez, mon oncle, accusée trop sévèrement pour que je n'aie pas le droit de me défendre. Je suis exigeante, dites-vous, avec ceux que j'aime ; mais vous voyez bien que vous vous trompez, puisque je les aime... quand même... et sans qu'ils me le rendent. (Elle regarde son oncle fixement.)

LE COMTE, bas, et se rapprochant d'elle.

Je t'expliquerai... (Jeanne fait un geste négatif. Le comte s'éloigne.)

JEANNE.

Vous me reprochez mon orgueil. J'en ai, c'est vrai, mais

pour supporter sans plainte une souffrance, pour cacher un
regret... c'est à cela que je l'emploie uniquement, et depuis
longtemps déjà... (Elle regarde Maurice.) Mais je n'en ai pas,
croyez-le bien, lorsqu'il s'agit d'avouer un tort et de demander qu'on l'oublie. (Elle tend la main à Maurice qui se trouve près d'elle.
Maurice veut la porter à ses lèvres ; elle l'arrête par un signe. A son oncle qui
n'a rien vu.) Tenez, demandez à monsieur de Prémont ce qu'il
en pense ?

LE COMTE, remontant la scène.

Il n'en sait pas le premier mot ; mais il dira tout ce que tu
voudras. (A part.) Je le pose !

JEANNE.

Je me tais, alors; mais à une condition : c'est que vous
déclarerez devant lui, car enfin, je tiens à son opinion, que
si vous m'avez noircie ainsi, c'est que vous avez contre moi
un gros grief, que vous ne pouvez me pardonner.

LE COMTE.

C'est vrai, Jeanne !... Si tu étais mariée, je te trouverais
adorable !...

JEANNE.

Du moment que la question est posée ainsi, mon oncle, je
ne peux plus hésiter, et je vous déclare aujourd'hui, devant
témoins, que j'accepte, les yeux fermés, le mari que vous me
choisirez.

LE COMTE, avec joie et étonnement.

Vraiment !... (Bas à Alice.) Si j'allais la prendre au mot ?...

ALICE, à part.

Elle l'espère bien. (Haut.) Il le faut, et vite !...

LE COMTE, résolûment.

Eh bien ! regarde ce qui va se passer. (A Maurice, bas.) Ne
soyez pas inquiet. (Maurice lui fait un signe d'assentiment. Le comte, revenant vers Jeanne.) Je suis d'autant plus heureux, ma chère enfant,
de la confiance que tu m'accordes, que j'ai reçu, récemment,

une confidence qui te concerne, et que j'ai sous la main un mari charmant... excellent... parfait...

JEANNE, l'interrompant.

Mais, mon oncle, vous m'inquiétez !

LE COMTE.

Ah ! tu te ravises déjà !

JEANNE.

Non pas ! Seulement, je n'aurai plus aucun mérite à vous obéir.

LE COMTE, se rapprochant d'elle.

Et tu ne te doutes pas ?...

JEANNE, tranquillement.

J'attends que vous me le fassiez connaître.

LE COMTE, hésitant et regardant Maurice. A part.

Je ne peux pourtant pas continuer...

MAURICE, se rapprochant vivement du comte.

Comte, le moment est venu de me prouver vos bonnes intentions ; je vous le demande... je vous en prie.

LE COMTE prend M. de Prémont par la main et l'amène cérémonieusement devant madame de Grandval.

Permettez-moi alors, ma chère nièce, de vous présenter mon candidat. Il avait remis ses intérêts entre mes mains ; son bonheur, désormais, est entre les vôtres.

JEANNE, troublée.

Mais, mon oncle... en vérité... je ne sais... une situation aussi étrange...

MAURICE.

C'est à vos pieds, madame, que je voudrais attendre mon arrêt. (Plus bas.) Souvenez-vous que c'est un recours en grâce.

JEANNE, bas également.

Signé depuis longtemps... et qui vous attendait. (Maurice lui

baise la main. Jeanne se rapproche de son oncle.) Vous le voyez, mon
oncle, j'obéis !...

LE COMTE.

Ah ! je suis trop heureux ! (Il se tourne vers Alice d'un air triom-
phant.) Eh bien ! qu'est-ce que tu dis de cela ?

ALICE.

Je dis que c'est merveilleusement joué !

LE COMTE montre à Alice Jeanne et Maurice, qui continuent à se
parler bas. Il se frotte les mains.

Mais regarde donc comme cela marche ! (Avec doute.) Comment !... sans répétitions... aussi bien?... Oh !...

ALICE se mettant à rire.

Les rôles étaient peut-être étudiés d'avance !

LE COMTE.

C'est probable... et d'auteur que je me croyais...

ALICE.

Qu'importe ?...

LE COMTE.

Le dénoûment me plaît, et j'applaudis !... (Il frappe dans ses
mains. Maurice et Jeanne se séparent et vont serrer les mains du comte.)

MAURICE.

Laissez-moi vous remercier. Je ne m'attendais pas à tant
de bonheur !

JEANNE, embrassant le comte.

Comme vous avez été bien inspiré !

LE COMTE.

Allons, tant mieux, mes enfants ! Moi aussi, je suis ravi !
Seulement, puisque vous êtes contents de votre vieil oncle,
il faut maintenant lui dire le mot, car il y a un mot à la petite
scène que nous venons de jouer...

ALICE, gaiement.

Mais, le mot est de vous ; c'est diplomatie. N'en avez-vous
pas fait ?

LE COMTE.

Oui... oui... seulement, on ne m'a pas laissé le temps...

ALICE, montrant Maurice.

Et le traître que voilà, croyez-vous que, de son côté, il n'en faisait pas ?...

MAURICE, l'interrompant.

Oh ! bien peu. Mais, à mon tour, je vous dénonce une adorable sorcière...

JEANNE.

Attachée d'ambassade !...

ALICE, vivement.

Chut !...

LE COMTE, la regardant tendrement.

Comment ! mademoiselle Alice aussi s'est permis !...

ALICE, se rapprochant du comte.

Seulement avec vous...

LE COMTE.

Avec moi ? Je n'y suis pas du tout... Mais on m'expliquera cela plus tard. Nous disons donc, alors, que nous n'avons rien à nous reprocher, que nous en avons tous fait ! Eh bien, tant mieux !

MAURICE, tristement.

Excepté madame de Grandval !

JEANNE.

Vous croyez ?... (Résolûment.) C'est moi qui en ai fait le plus !

MAURICE, d'un air heureux.

Comment cela ?

JEANNE, embrassant sa sœur.

J'ai laissé faire !

NI COUSIN NI COUSINE

PROVERBE

PERSONNAGES

RENÉ DE TAVERNY,	35 ans.
BERTHE, sa femme,	22 ans.
PIERRE, domestique.	

———

NI COUSIN NI COUSINE

Un petit salon tendu de toile perse. — Fenêtre et porte ouvrant sur le jardin. — Une porte latérale. — La scène se passe à la campagne.

SCÈNE PREMIÈRE

RENÉ, seul, dort étendu sur un canapé, un livre près de lui ; tout à coup, il se soulève en se frottant les yeux.

Dieu me pardonne, j'ai fait un somme ! (Il regarde autour de lui.) Heureusement que Berthe n'est pas là. Un mari de trois mois n'a pas encore le droit de dormir. (Il s'étire.) C'est qu'aussi c'est somnifère en diable la campagne ! Toujours les mêmes arbres du même vert, le même ciel du même bleu. Trop de bleu ! Lisons. (Il prend un livre, puis le rejetant.) Quelle chose étrange que la vie !... Un jour, on rencontre sur son chemin, au coin d'un bois... une belle jeune fille. (Il roule une cigarette.) Ah ! c'est elle ! je la retrouve, l'ange de mes rêves ! la compagne de ma vie... Si vous voulez bien le permettre, mon père ? Le papa sourit à ce présent qui lui redit son passé. Vieille histoire éternellement jeune. Il met son habit de fête et va discuter

10

sérieusement les clauses de ce futur bonheur. Mais qu'elles se traînent lentement les heures qui nous en séparent ! Le frôlement de sa robe fait bondir le cœur, le contact de sa petite main donne la fièvre. Ah ! les voilà les vraies félici- tés !.. On ne devrait jamais épouser sa femme ! Enfin... elle est vôtre... vous voilà maître de ce trésor !.. Où le cacher ? Vite une maisonnette à la campagne... pas de voisins... jamais de voisins, le désert... avec des provisions, c'est un délire !... Un mois s'envole, le second s'écoule, le troisième... Ah ! le troisième va moins vite... La campagne commence à vous paraître un peu verte, le ciel... un peu bleu, l'omelette... mau- vaise ; elle était mauvaise l'omelette ce matin. (A ce moment on entend chanter dans le jardin. René relève la tête. Le refrain devient distinct ; c'est du patois normand.

> Mariez-vous donc promptement
> Pour que les autres s'en divârtissent,
> Mariez-vous donc promptement
> Pour que les autres aient de l'agrément.

Aient de l'agrément... imbécile ! (Il arpente le salon.) C'est que cela arrive pourtant ; je n'y avais pas encore pensé ! (Le chant continue.)

> Je me trouvions à cinquante ans,
> Propriétaire sans injustice
> D'une terre de sept ou huit arpents,
> D'une bidette et d'une génisse ;
> Mais v'là-t-il pas qui me dirent comme ça :
> Faut vous marier, et me le v'là !

Et me le v'là ! (Il s'étend de nouveau sur le canapé.) Et me le v'là ! (Il rit.) marié à une jeune et jolie femme ; jolie, c'est l'enseigne qui attire ; soyons prudent sans défiance... ou prudemment défiant... Il faut mener ma barque avec habileté... serrer les voiles, et ferme au gouvernail ! (A ce moment entre un domestique.)

SCÈNE II

PIERRE, RENÉ.

PIERRE.

Le jardinier du château fait demander à monsieur quelques plants de fraisiers.

RENÉ.

Adresse-le à Clampin. C'est lui qui chante ?

PIERRE.

Oui, monsieur, c'est un pinson que cet homme-là.

RENÉ.

Eh bien ! dis au pinson qu'il se taise, et que le jardinier donne ce qu'on lui demande. (A Pierre qui s'en va.) Le propriétaire du château, n'est-ce pas ce grand jeune homme qui passe à cheval, chaque jour, devant la grille du parc ?

PIERRE.

Oui, monsieur.

RENÉ, à part.

Beau cavalier, distingué, séduisant ! (Haut.) Refuse ! (A Pierre que semble étonné.) Dis que je regrette d'en avoir disposé, va, va ! (Pierre, en sortant, se trouve en face de madame de Taverny. Il lui parle bas ; on devine à ses gestes qu'il lui raconte ce qui vient de se passer.) C'est un prétexte : ce joli monsieur aura aperçu ma femme et il voudrait s'introduire ici ; mais moi... (Il fait un signe de négation.) je connais ça : on plante des fraisiers, il pousse des amoureux. Dormons sur les deux oreilles. (Il ferme les yeux. Pendant ce temps, Berthe a fait signe au domestique de se retirer ; elle s'avance à petits pas vers le canapé où son mari est étendu, tournant le dos à la porte. — A part, et d'un air heureux.)

BERTHE.

Il sera jaloux !

SCÈNE III

RENÉ, BERTHE.

BERTHE ; elle regarde son mari avec tendresse, puis, lui mettant les mains sur les yeux et contrefaisant sa voix.

Qui va là ?

RENÉ, chantant.

Un ange ! une femme inconnue !

BERTHE, retirant ses mains et d'un air fâché.

Inconnue !

RENÉ.

Inconnue, madame, parce que chaque heure de solitude, de réflexion, me découvre en vous une nouvelle qualité, un nouveau charme, un nouveau.....

BERTHE.

Oui, raccrochez-vous aux branches. Vous rêviez d'une autre, et la preuve de votre culpabilité vous a échappé dans un refrain.

RENÉ.

Je pensais à vous, grand inquisiteur ; mais, à mon tour, d'où venez-vous ? (Il lui prend la main et la fait asseoir près de lui.) Est-ce bien la charité qui vous fait courir ainsi les environs chaque matin et abandonner ainsi votre infortuné conjoint ?

BERTHE.

Je viens de chez la Francine porter la layette. Savez-vous pourquoi j'ai fait une layette à son enfant ?

RENÉ.

Pour sa pudeur.

BERTHE, riant.

Oh !

RENÉ.

Pour lui tenir chaud.

BERTHE.

Non.

RENÉ.

Non, petit mauvais cœur ?

BERTHE, baissant la voix et se rapprochant de son mari.

Pour me porter bonheur.

RENÉ.

Que les femmes sont étonnantes ! Le mariage n'est pour elles que l'antichambre de la maternité ! Mais soyez donc tranquille, il viendra assez tôt, ce marmot, qui vous prendra votre beauté, votre santé, et vous laissera à peine le temps de vous souvenir qu'il a un père !

BERTHE.

Ingrat ! Mais c'est par amour pour le père que je souhaite l'enfant. Est-il un bonheur plus grand que de donner le jour à un être qui est lui ; lui faible, délicat, réclamant vos soins constants, toutes vos tendresses, l'intelligence de votre cœur, appliquée à prévoir, à développer, à faire enfin de cette miniature le portrait en pied de celui qu'on aime !

RENÉ.

La copie fera tort à l'original. Je ne crois pas que le cœur soit de taille à abriter deux amours ; aussi, je doute que mon rival voie le jour : ce serait un serpent que je réchaufferais... Ne riez pas, je suis décidé à ne pas m'unir d'intention aux prières que vous faites à ce sujet.

BERTHE.

Vrai ! Vous seriez jaloux ?

10.

RENÉ.

Mais... comme un tigre !..

BERTHE.

Quel bonheur !

RENÉ, à part.

Tiens, tiens ! (Haut.) Est-ce que vous espérez en abuser ?
Eh bien ! mon enfant, il faut en faire votre deuil. Je plaisan-
tais... je ne me sens aucune disposition à ce défaut.

BERTHE.

Oh ! ne vous en défendez pas tant, c'est peu aimable. (Elle
se lève, va s'asseoir à la table et prend son ouvrage.)

RENÉ s'étend de nouveau.

Mon Dieu ! que cette omelette était mauvaise ! j'y ai trouvé
des corps étrangers ; cette fille des champs est une empoison-
neuse. Vous devriez faire attention, Berthe, on mange très-
mal ici.

BERTHE.

On mange mal ! Mais tout est exquis au contraire : les légumes sont frais et parfumés comme des fleurs ; le beurre
est du jour même ; les œufs sont du... lendemain. Que nous
nous ressemblons peu, mon ami ! pourvu que je vous aie en
face de moi, tout me semble bon !

RENÉ.

Moi, ma chère enfant, je vous trouve plus jolie, votre voix
me paraît plus douce, votre esprit plus piquant, lorsque mon
goût, mon palais, sont agréablement flattés. Pour vous, la
vie matérielle n'a aucune importance, vous avez tort : elle
a ses nécessités impérieuses ; elle accroît ou diminue nos
jouissances, nos sensations ; si j'osais, je dirais nos sentiments.

BERTHE.

Je ne suis pas du tout de votre avis. Lorsqu'on est heureux, on devient à peu près indifférent à tous ces détails. Il

y a dans le bonheur une sorte de supériorité indulgente ou dédaigneuse qui empêche l'analyse et détruit presque la sensation... Le physique abdique.

RENÉ.

Ah bah !

BERTHE.

Vit-on jamais un amant s'enrhumer sous les fenêtres de sa belle? un porteur de bonne nouvelle gagner un refroidissement?

RENÉ.

Mais, rappelez-vous le soldat de Sparte.

BERTHE.

Vous croyez que ce fut de fatigue qu'il mourût? Non! c'était un patriote orgueilleux qui voulut sa page dans l'histoire.

RENÉ.

Ou un imprudent qui avait mangé une mauvaise omelette avant de courir.

BERTHE.

Que vous êtes matérialiste!

RENÉ.

Je suis dans le vrai, ma chère.

BERTHE.

Eh bien! moi, qui ne suis pas taillée en Spartiate, lorsque vous vous faites attendre, que l'inquiétude me gagne, je cours à perdre haleine, sans souci du vent, de la pluie. Vous vous souvenez le jour de cet affreux orage? Je n'ai même pas pris froid... le sentiment tient chaud!

RENÉ se lève, s'approche de sa femme et lui prend la main.

Voyons ça! (D'un air inquiet.) Mais, ma pauvre enfant, vous avez la fièvre! Souffrez-vous? (Il s'assied à ses pieds sur une chaise basse.)

BERTHE.

Pas précisément! Mais je suis nerveuse, je manque de calme; un rien m'inquiète, m'agite; un mot me trouble, m'attriste; je crains qu'un jour ou l'autre n'amène le réveil ou la fin du rêve. L'automne arrive, il faudra bientôt quitter notre solitude. Aussi il me semble que chaque heure, chaque seconde, conspirent contre moi et me prennent en passant un peu de mon bonheur. Je voudrais les retenir, les arrêter, leur dire: « Ne passez pas, ou n'emportez rien. »

RENÉ.

Mais pourquoi, mon enfant, ces inquiétudes sans raison? Jouissons du présent, puisque l'avenir est assuré.

BERTHE.

Bien vrai? (Elle tend la main à son mari.) Vous ne savez pas, vous, ce que c'est que d'avoir une pensée constante, unique, de rapporter tous ses souhaits, ses aspirations à un seul être, de voir graduellement s'effacer ses autres affections et de se dire en sentant cet envahissement qui s'est fait en vous si complet: Mais il n'y a plus que cela au monde pour moi!... (René baise la main de sa femme.) Quel étrange mystère!

RENÉ.

Voilà qui cesse d'être gentil! Quel étrange mystère! équivaut à ceci : Comment se fait-il qu'une femme comme moi, nature fine, délicate, madone en or pur coulée par mégarde dans un moule humain, j'aie pu consentir à devenir la compagne d'un de ces êtres grossiers, sans délicatesse, qu'on appelle des hommes ?

BERTHE.

Il est sûr que les hommes ne savent pas aimer comme nous; mais c'est la loi humaine. Du reste, dans un duo, il y a toujours deux tons; ce qu'il faut soigner, c'est l'accord! Eh bien! je crois, j'espère que vous chantez juste, mais je suis sûre que j'ai pris trop haut; il faudra que j'arrive à baisser.

RENÉ, gravement.

Je vous le défends, madame! (A part.) Si elle allait transposer?

SCÈNE IV

RENÉ, BERTHE, PIERRE.

Pierre portant sur un plateau lettres et journaux. Il remet les lettres à madame,
les journaux à monsieur.

RENÉ.

Il n'y a pas de lettres pour moi?

PIERRE.

Non, monsieur! (Il sort.)

SCÈNE V

RENÉ, BERTHE.

René, en faisant sauter la bande de son journal, examine la figure de sa femme
qui exprime le mécontentement.

BERTHE.

Quel ennui!

RENÉ.

Quoi donc?

BERTHE.

Cette folle de Laure qui veut tomber ici!

RENÉ.

Laure? Je ne connais pas.

BERTHE.

Madame Darcy, une cousine; vous l'avez vue chez ma mère,
le soir de notre contrat.

RENÉ, l'interrompant.

Oui, oui, je me souviens, une très-jolie femme. Voyons l'écriture... (Il prend l'adresse que sa femme tient à la main.) Anglaise déliée, enveloppe capitonnée, cachet élégant. Cela sent bon! (Berthe rejette la lettre. René à sa femme.) On peut lire?

BERTHE.

Certainement!

RENÉ, lisant.

« Voilà tantôt trois mois que tu roucoules, ma blonde tourterelle, oubliant tes amis, tes proches, le monde entier, pour te consacrer à ton affreux mari! Il est donc bien charmant ou bien habile? » (Parlant.) Elle écrit bien. (Lisant.) « File-t-il à tes pieds, en te présentant à genoux un peloton de couleur tendre? ou, le soir venu, vous promenez-vous aux étoiles la main dans la main? Il est poëte, n'est-ce pas? Mais, alors, il doit avoir fini de rimer son bonheur, et de se le chanter à lui-même sous son propre balcon. N'importe! Il me prend une envie folle d'aller coller un œil indiscret aux barreaux de votre cage, de venir me réchauffer le cœur à ce foyer; moi que personne n'aime, et qui n'aime personne, c'est bien le moins qu'on me permette de manger mon pain sec à la vue du bonheur d'autrui! C'est donc bien décidé, ma mignonne, au risque de connaître le péché d'envie, dans deux jours je serai près de toi. » (S'interrompant.) Pauvre petite femme! Son mari est donc un chenapan?

BERTHE.

C'est un excellent être, mais très-occupé, très-lancé dans le mouvement des affaires!

RENÉ.

Un joueur, un ambitieux?

BERTHE.

Non, un débiteur honnête! Sa femme l'a épousé pour sa fortune; il le sait, et il veut être à la hauteur de son sentiment.

RENÉ.

A-t-elle des enfants?

BERTHE.

Oh non ! Elle n'en désire pas ; elle prétend que par le temps qui court, c'est le plus grand luxe qu'on puisse se donner.

RENÉ.

Comment se passe son existence ?

BERTHE.

Dans la journée, elle court les magasins, fait des études comparatives de velours, de satin ; en passant rue de la Paix, elle se fait arrêter chez son bijoutier, admire une parure, la désire, se l'offre, puis elle rentre dîner, s'habille, va au théâtre ou au bal.

RENÉ.

Elle ne peut pas se livrer à cet exercice-là tous les jours ?

BERTHE.

Si vraiment! Et pour tant de soins, de fatigues, elle ne demande qu'une chose: attirer l'attention, la commander partout où il lui plaît de se montrer, et recevoir les hommages de tous, depuis les plus naïfs jusqu'aux plus caduques.

RENÉ.

Comment se conduit-elle ?

BERTHE.

Ni bien ni mal !

RENÉ.

A-t-elle de l'esprit ?

BERTHE.

Beaucoup !

RENÉ.

Du cœur ?

BERTHE.

Vous ne m'avez donc pas écoutée ?

RENÉ.

Et où comptez-vous la mettre?

BERTHE.

Mais je ne désire pas qu'elle vienne !

RENÉ.

Pourquoi?

BERTHE.

Parce que cela ne m'amuse pas de la recevoir !

RENÉ.

Mais encore?

BERTHE.

Vous ne le devinez pas? Mais parce qu'elle ne sera pas ici depuis deux jours, qu'elle vous forcera à lui faire la cour.

RENÉ, riant.

Je m'exécuterai.

BERTHE.

Ne plaisantez pas, je vous en prie! Je me connais, je suis jalouse de mon ombre... de la vôtre, c'est-à-dire; je bouderai, je ferai des scènes ridicules! Non, mon ami, je vous en prie restons tous deux, tout seuls.

RENÉ.

Il faudrait au moins trouver un prétexte !

BERTHE.

Eh bien ! faisons ce voyage d'Italie que nous avions projeté. Partons ! voulez-vous ?

RENÉ.

Le moyen est extrême.

BERTHE.

Allons à Trouville, alors.

RENÉ.

La saison est trop avancée.

BERTHE.

`C'est vrai !` ·

RENÉ. ·

Je crois qu'il n'y a guère moyen. Songez donc, une cou
sine... .

BERTHE.

Oh ! il y a toujours moyen, et je m'en charge.

RENÉ.

Vous vous en chargez ? Tout cela est bel et bon, mais on
dira que c'est moi qui vous séquestre, que je suis un sauvage qui rompt en visière avec les habitudes de politesse
les plus élémentaires.

BERTHE.

Que vous importe ?

RENÉ.

Il m'importe beaucoup ; je ne veux pas qu'on me pose en
Othello, en mari ridicule !

BERTHE.

Et vous voulez que, de gaieté de cœur, connaissant le
danger, je laisse entrer le loup dans la bergerie ? Non, j'y
suis très-décidée, elle ne mettra pas les pieds ici.

RENÉ.

Ah çà ! mais, quelle existence comptez-vous donc me faire ?
Sommes-nous destinés à nous mêler au monde ? Avez-vous
la prétention de vivre dans une Thébaïde ?

BERTHE.

Non, mais jouissons en paix des premiers temps de notre
bonheur.

RENÉ.

Nous les apprécierons doublement, lorsque, pendant quelques heures, nous aurons mis un tiers entre nous.

BERTHE.

Quelques heures ! .. Mais, vous ne la connaissez pas. Elle

11

va bouleverser notre vie ; à peine arrivée ici, se lier avec nos voisins, nous amener des hôtes, organiser des pique-nique, faire des promenades à pied, à cheval, à travers bois, par monts, par vaux, et, le soir venu, quand vous la croirez morte de fatigue, elle aura des feux d'artifice dans ses poches.

RENÉ, riant.

Ce sera drôle !

BERTHE.

Pour vous, peut-être ; mais pour moi, non. Je vois d'ici le sort qui m'est réservé : lorsque vous la guiderez dans ses excursions, vous offrirez votre bras en chevalier galant ; moi, je suivrai comme un toutou.

RENÉ.

Ma chère enfant, à défaut du sentiment de tendresse que vous me refusez, j'aurai toujours celui des convenances, et je n'oublierai jamais les égards...

BERTHE, l'interrompant.

Des égards !.... Quel mot malheureux et maladroit ! (S'animant.) Mais ce mot-là est une révélation, la preuve de votre indifférence ! Ah ! je le savais bien, que vous ne m'aimiez guère ; mais je vois déjà que vous ne m'aimez plus !

RENÉ, allant à elle.

Voyons, Berthe... (Berthe, tournant le dos à son mari. René reprenant.) Voyons, Berthe...

BERTHE.

Mettez-y de la franchise ; au point où nous en sommes, si je vous gêne, dites-le-moi, je puis m'en aller chez ma mère, vous la recevrez.

RENÉ, s'éloignant.

Pour le coup, vous perdez la tête.

BERTHE, pleurant.

Je perds la tête ? On la perdrait à moins. Après trois mois de mariage, me refuser une chose si facile...

RENÉ.

Impossible.

BERTHE, relevant la tête.

Impossible? Nous verrons bien. Eh bien ! je déclare, moi !
qu'elle ne viendra pas, je ne veux pas qu'elle vienne !

RENÉ, élevant la voix.

Je ne veux pas, ce n'est pas là une raison suffisante pour
que je refuse l'hospitalité à madame Darcy. Je ne veux pas;
diable ! une femme d'esprit eût pu trouver mieux. (Il cherche
son chapeau et se dirige vers la porte.) Je vous laisse quelques instants, ma chère, tâchez de retrouver le calme, qui est une
qualité nécessaire dans la discussion, la preuve d'une bonne
éducation toujours, et une chance de succès, souvent ; adieu !
(A la porte.) Croyez-moi, pas de coups de tête ; on a bientôt
fait de gâter sa vie. (Il sort.)

SCÈNE VI

BERTHE, pleurant.

Que je suis donc malheureuse, mon Dieu ! Et à quoi tient
sa tendresse? Comment se fait-il qu'il hésite entre elle et
moi?... Je partirai ce soir. (Réfléchissant.) Partir... je suis folle!
Partir... oh ! non. Il faut défendre ma cause, mais à armes
courtoises ; pas comme tout à l'heure. J'ai fait une faute,
(Souriant.) une faute, j'en ai fait bien plus d'une, j'en fais
chaque jour. J'oublie les conseils de ma mère : « Ne laisse
pas trop voir à ton mari combien tu l'aimes, » m'écrivait-elle
hier, « les indifférents sont les aimés. Il faut une pointe
d'inquiétude, l'effroi du doute. Toute réussite complète entraîne la satiété. » (Parlé.) Voilà ce que disent ceux qui savent
la vie ; mais, comment y croire ? Il est si bon de s'aimer, si
doux de se le dire, si triste de dissimuler, d'agir en sage, en

économe, quand on sent en soi un trésor inépuisable! (Réfléchissant.) Pourtant, s'il est possible que l'excès du bien cause
le mal, je devrai, moi, changer ma nature, refouler les effu-
sions de ma tendresse. Ah! il ne suffit pas d'aimer pour être
aimée, il faut ruser! Eh bien! je suis femme, après tout; et
me voilà prête! A nous deux, mon maître!.... depuis trois
mois, mon esprit a fait relâche; aujourd'hui, c'est mon cœur
que je mets en pénitence! (Elle sort.)

SCÈNE VII

RENÉ, entrant aussitôt.

On n'a pas idée d'une chose pareille; me faire une scène,
une vraie scène, avec colère, emportement... Que les femmes
sont maladroites, mon Dieu! Elle m'a donné envie de voir
cette madame Darcy, dont, au demeurant, je me soucie
comme de ça. (Il arrache une fleur.) Fiez-vous donc à ces natures
calmes et douces! Les moutons! c'est d'eux qu'est venue
l'hydrophobie. (Il se promène à grands pas.) Je n'en reviens pas,
sur l'honneur! parler de retourner chez sa mère, comme de
la chose du monde la plus simple, la plus naturelle. Allons,
cela promet; et j'ai la perspective d'une existence agréable,
si toute communication avec le beau sexe m'est absolument
interdite; je ne me croyais pas si dangereux! (Il sourit et frise
sa moustache, puis se regardant.) Mon Dieu! comme le mariage m'a
rendu laid! Que cet accès d'orgueil se voile sous tes bande-
lettes conjugales! Te voilà momifié, mon pauvre garçon. Tu
voulais ce matin conduire ta barque avec brio, au milieu
des récifs, de la tempête. C'était trop d'ambition, mon cher;
allons, jette l'ancre, reste au large, et, comme les navires
mis à la quarantaine, hisse le pavillon jaune!... Jaune?... Je
suis bête de dire cela!

SCÈNE VIII

BERTHE, RENÉ.

Berthe, dans une fraîche toilette, le visage souriant, vient à son mari tenant une lettre à la main.

RENÉ, à part.

Elle est gentille !

BERTHE.

J'accours, mon ami, vous demander d'oublier ma folie de tout à l'heure. J'étais nerveuse, souffrante, sans cela je n'aurais pas d'excuse.

RENÉ.

Le fait est, ma chère, que j'étais en train de me dire...

BERTHE, l'interrompant.

Soyez généreux, ne me le répétez pas ; vous n'avez pu rien vous dire que je ne me sois reproché. Je viens d'écrire à madame Darcy que nous la recevrons avec plaisir, le jour qu'elle choisira. Voici ma soumission... cachetée. (Elle tend la lettre à son mari. René regarde l'adresse avec plaisir.)

RENÉ, la prenant.

A la bonne heure ! et je retrouve ma Berthe d'autrefois.

BERTHE, se reculant un peu.

Non, plus la même ; mais une autre, qui vous plaira davantage, j'espère.

RENÉ, étonné.

Comment, une autre ?

BERTHE.

Regardez-moi bien. (Elle regarde son mari en face.) Est-ce que j'ai le même visage ?

RENÉ.

Toujours, heureusement... (La regardant attentivement.) peut-être une expression de physionomie que je ne vous connaissais pas.

BERTHE.

C'est que, voyez-vous, mon ami, j'ai une nature très-souple, très-multiple. Je vous ai déplu, vive, passionnée : j'ai rompu pour toujours avec ces deux défauts. La réflexion peut amener chez moi un changement à vue ; changement pourtant sérieux et de bon aloi. Tenez, je vous assure que j'apprécie comme vous maintenant la présence de ma cousine ici.

RENÉ.

Vraiment ?

BERTHE.

Oui ; ainsi, c'est dit, vous ne m'en voulez plus ?

RENÉ.

Pas du tout, ma chère, et même si cela vous contrariait par trop...

BERTHE, l'interrompant.

Au contraire, je tiens maintenant à ce qu'elle vienne... (René paraît étonné et semble interroger sa femme.) Lorsqu'on vit dans un isolement complet, on arrive à s'aimer par trop, ou à ne plus s'aimer du tout : deux écueils à éviter.

RENÉ.

Je ne vois pas que le premier...

BERTHE, l'interrompant.

Si fait. Et puis, ne faut-il pas plier ses sentiments aux exigences de sa situation ? L'hiver arrive, nous allons reprendre notre vie mondaine. Eh bien, si nous étions encore en pleine lune de miel, nous apprécierions faiblement toutes les distractions de bals, de théâtres qui, au demeurant, sont une des joies de ce monde ; notre bonheur nous gâterait notre plaisir.

RENÉ.

En effet, le changement est étrange et complet ; je ne m'explique pas même qu'une chose redoutée jusqu'aux larmes vous réjouisse quelques instants après.

BERTHE.

S'il faut être franche, un événement est venu se joindre... (Elle semble hésiter.) Je vous ai souvent parlé d'un de mes parents, un ami d'enfance, M. de Vallé.

RENÉ.

Un officier, n'est-ce pas ?

BERTHE.

Oui. Je viens de recevoir une lettre de lui, qui m'annonce son arrivée. Jugez de ma joie ; il y a quatre ans que je ne l'ai vu. Aussi, au plaisir extrême que m'a causé cette nouvelle, j'ai compris que vous pouviez m'aimer sérieusement, et malgré cela être heureux de recevoir madame Darcy ; c'est pourquoi vous m'avez trouvée repentante et soumise.

RENÉ, à part.

Ah ! voilà le secret ! (Haut.) Et ce monsieur ?...

BERTHE, l'interrompant vivement.

Ce monsieur, je vous le répète, René, est un ami, un frère pour moi ; je serai heureuse et fière de vous le présenter ; il vous plaira, j'en suis sûre ; il est si bon, si brave ! c'est une si loyale nature ! Et l'ai-je assez tourmenté, mon Dieu ! Ah ! je lui dois une fière revanche ; aussi nous allons être bien aimables pour lui, n'est-ce pas ? et nous le garderons tout le temps de son congé.

RENÉ.

De sa permission, vous voulez dire ?

BERTHE.

Non ; on ne vient pas d'Afrique en permission ; c'est un bel et bon congé bien en règle, trois... six...

RENÉ, vivement.

Ou neuf... Mais c'est un bail! Je vous avoue, ma chère, qu'en fait de militaires, je ne comprends que le billet de logement, et encore...

BERTHE.

Tous ses parents sont morts, il n'a plus que moi... (Se reprenant) que nous. Quelle chambre voulez-vous que je lui fasse préparer?

RENÉ.

Celle que vous voudrez.

BERTHE.

La bleue alors?

RENÉ.

Non, elle est trop près de nous.

BERTHE.

Oh! Un cousin d'enfance...

RENÉ.

Je sais qu'ils ont des priviléges... Mais cependant... à tout prendre, j'aimerais mieux lui céder mon cabinet de travail.

BERTHE.

Vous avez raison, mon ami; il sera mieux là, je vous remercie! Oh! je suis sûre que vous l'aimerez de suite; c'est un cœur d'or, un homme antique.

RENÉ.

Et quel âge a-t-il, cet antique?

BERTHE.

Vingt-huit ans... Mais vous le connaissez, j'ai dû vous montrer sa photographie. Où donc l'ai-je mise? (Elle cherche.)

RENÉ, à part.

Vingt-huit ans!... (Haut.) Vous ne trouvez pas?

BERTHE.

Non !

RENÉ.

Peut-être dans cet album ? (Il l'ouvre.)

BERTHE.

Je ne pense pas, c'est celui des indifférents.

RENÉ.

Merci, je suis en tête.

BERTHE, riant.

Vrai ! (Elle apporte un autre album.) Le voilà !

RENÉ le lui prend des mains ; à part.

Il est superbe ! (Haut.) Quel gaillard, c'est un athlète ! J'ai vu cette figure-là quelque part ! Après cela, tous les militaires se ressemblent ! Que de croix ! Où diable a-t-il pêché tout cela ?

BERTHE, riant.

Pêché !... mais... dans la ligne...

RENÉ.

C'est de mauvais goût de les étaler ainsi.

BERTHE.

Il ne les porte pas ordinairement ; nous lui avons demandé de les mettre.

RENÉ.

Ah ! il ne les porte pas ? Il est orgueilleux alors ? Je l'aurais juré ! (Pendant ce temps, Berthe, qui se tient derrière son mari, sourit.)

RENÉ.

Quel grade ?

BERTHE.

Capitaine ; mais si on lui avait rendu justice...

11.

RENÉ.

Il serait maréchal de France ! Oui, c'est connu ; mais il
faut s'armer de patience contre l'injustice des chefs. Du reste,
vous connaissez la devise des militaires : « Se brosser et
attendre. »

BERTHE, vivement.

Ou brosser les autres. (Elle prend l'album des mains de son mari et
contemple attentivement son cousin.) Pauvre ami ! Que de modestie
sous cet attirail de gloire ! (René fait un geste d'impatience.) Sa vue me
remet en mémoire les jours de notre enfance, nos jeux, nos
ébats ! Pauvre Constant ! (Elle ferme l'album.)

RENÉ.

Il s'appelle Constant ? (Berthe fait un signe affirmatif.— René à part.)
Un nom qui promet...

BERTHE.

Venez, mon ami, vous asseoir près de moi, (René s'assied près
de Berthe sur le canapé.) et laissez-moi vous raconter un peu cette
berquinade. Dans les premières années de notre enfance,
nous ne nous connaissions pas ; nos pères étaient brouillés.
Un jour, c'est du plus loin qu'il me souvienne, j'appris que ma
tante, la mère de ce cousin... vous m'écoutez, n'est-ce pas ?...
venait s'installer à la campagne, dans une propriété qui tou-
chait à la nôtre. Je devins inquiète, curieuse ; je voulais voir
cette tante, surtout ce cousin, et je rôdai chaque jour du côté
des frontières. Sans doute, la même pensée lui était venue,
car un beau matin, on aurait pu voir en face l'un de l'autre,
sur les bords opposés d'une rivière-ruisseau, que le soleil
de l'été mettrait facilement à sec, deux enfants timides, pe-
nauds, se regardant sans oser se parler. Le petit garçon fit
un bouquet de marguerites : « Les aimez-vous ? » dit-il. Un
petit oui, bien faible, passa, et à peine prononcé, le bouquet
fut lancé ; mais, malheureusement, il tomba, et le filet d'eau
emporta les marguerites séparées. L'enfant recommença ...

RENÉ.

Il est persévérant !

BERTHE.

Le bouquet n'en fut que plus gros, et cette fois, le tenant
à la main, il traversa bravement la rivière; puis, se penchant
sur la plus grosse pierre : « Venez le chercher, dit-il, je ne
peux pas aller plus loin. Ce serait chez vous, et... nous sommes fâchés... »

RENÉ.

Au moins, il a le respect de la propriété.

BERTHE.

La petite fille ne bougea pas.

RENÉ.

Déjà coquette ?

BERTHE, riant.

Non, mais sa dignité...

RENÉ, l'interrompant..

L'attachait au rivage.

BERTHE.

Ce que voyant : « Ah ! bah ! » dit-il, et, grimpant sur le
bord, il vint me l'offrir. « Je vous remercie bien, mon... » Je
n'osai pas dire cousin, c'était bien tendre pour des gens fâchés ; monsieur me sembla trop sec ; bah ! je dis : Constant ! « Comment, elle sait mon nom ? Ah ! qu'elle est gentille ! » et, m'enlevant dans ses bras, il m'embrassa sur les
deux joues et s'enfuit...

RENÉ.

Diable !

BERTHE.

De mon côté, je me mis à courir vers la maison et, cachant
mes fleurs sous mon tablier blanc, j'allai les porter à ma
mère : « Qui t'a donné cela, ma chérie ? » dit-elle « Ton ne-

veu, mère, le fils de ma tante. » Ma pauvre mère se mit à
pleurer et, me prenant par la main, me conduisit à mon père :
« Louis, dit-elle, je vous amène la colombe de l'arche. » Trois
jours après, toute la famille dînait ensemble autour du bouquet de marguerites...

RENÉ.

C'est une idylle adorable !

BERTHE.

Depuis lors, mon cousin partagea mes jeux ; il était doux,
bon, affectueux ; j'en fis mon esclave. Un jour... (S'interrompant.) Mais j'abuse de votre patience... (Elle se lève.)

RENÉ.

Pas du tout, cela devient intéressant. (Il veut la retenir.)

BERTHE, résistant et regardant l'heure, à part.

Trois heures déjà ! Il faudrait pourtant répondre à Laure
aujourd'hui même, sans cela elle va arriver... (Haut.) Ma lettre,
mon ami, qu'en avez-vous fait ?

RENÉ, distrait.

Je ne sais pas.

BERTHE.

C'est que voilà l'heure du courrier.

RENÉ.

Vous avez donc grande hâte de la voir venir ? Quand donc
arrive-t-il ?

BERTHE.

Qui ça ?

RENÉ.

Mais... votre cousin ?

BERTHE, embarrassée.

Dans deux ou trois jours... Je ne me rappelle pas bien.

RENÉ.

Voulez-vous me montrer sa lettre ?

BERTHE, de plus en plus embarrassée.

Oui, mon ami, certainement. (Elle cherche dans sa poche.) Je ne l'ai pas sur moi.

RENÉ.

Elle est restée dans votre chambre ?

BERTHE.

Sans doute... (Elle ne bouge pas.)

RENÉ, se levant.

Ne vous dérangez pas, je vais aller la chercher...

BERTHE, vivement.

Non, non, j'y vais. (Elle sort.)

SCÈNE IX

RENÉ, seul.

Elle m'a paru troublée ! Ah çà ! mais, est-ce que ?... Décidément, cette visite m'ennuie. Ces souvenirs de jeunesse évoqués sous les grands arbres, le bleu, le vert, les étoiles, les clairs de lune, ta, ta, ta ! (On entend de nouveau chanter dans le jardin.)

> Mariez-vous donc promptement
> Pour que les autres s'en divârtissent,
> Mariez-vous donc promptement
> Pour que les autres aient de l'agrément !

(René fait un signe d'impatience.) Comment, je refuse de recevoir mes amis, pour le principe, et je recevrais les amis de ma femme ? (S'animant.) et je laisserais cet Africain se débronzer indéfiniment sous mon toit ? Allons donc ! (La voix reprend.)

> Aux assemblées faut la mener ;
> Elle me dit : « T'auras soin des mioches,
> « Et t'auras soin de les régaler
> « De petits pâtés et de brioches. »
> Mais v'là-t-il pas que le plus malin
> Me dit comme cha : « Mon papa,
> « V'là maman qu'embrasse mon cougin ! »

Voilà le mot de la fin ! C'est décidé, je pars pour Trouville.

SCÈNE X

BERTHE, RENÉ.

BERTHE.

Impossible de retrouver cette lettre ; je m'en serai servie pour allumer la bougie, lorsque j'ai cacheté celle que j'ai écrite à ma cousine...

RENÉ, à part.

Comme c'est probable ! Il paraît que les termes en étaient un peu tendres...

BERTHE, feignant de chercher.

Ne l'aurais-je pas mise là, par hasard ?

RENÉ, à part.

Il l'aime toujours ! Ne me parlez pas de ces militaires : ils partent avec un amour dans le cœur, boutonnent leur uniforme par là-dessus, et, au bout de sept ans, vous le rapportent aussi jeune, aussi ardent que le premier jour !

BERTHE, cherchant toujours sa lettre, regarde la pendule anxieusement, à part.

Et le courrier ? Il n'y a plus qu'un quart d'heure ! (Haut, timidement.) La réponse à madame Darcy, mon ami, vous ne la faites pas partir ?

RENÉ.

Non, pas encore, et même, s'il faut être franc, je ne comptais pas l'envoyer ; mais, maintenant que vous allez recevoir votre beau cousin...

BERTHE.

En effet ! il n'y aura personne de sacrifié ; j'aurai un bras au moins pendant que vous promènerez Laure ; je vous aurais gêné, obligé d'avoir pour moi certains égards...

RENÉ, à part.

Aïe ! Elle ne m'a pas pardonné... Mauvaise entrée en campagne contre le militaire !...

BERTHE.

Au lieu que lorsqu'il vous plaira d'aller promener en voiture, eh bien ! nous resterons pour pêcher...

RENÉ, à part.

Pêcher...

BERTHE.

Ou pour chasser... la chasse va ouvrir...

RENÉ, à part.

La chasse... la chasse... Tout beau ! (Haut.) Ma chère enfant, la perspective de ces plaisirs innocents, partagés avec votre cousin Constant, me va droit au cœur ; c'est frais et pur comme le ruisseau sec, témoin de vos premiers ébats...

BERTHE, à part.

Il raille ! j'ai frappé juste !

RENÉ.

Aussi, c'est à peine si j'ose vous parler d'un projet que j'avais fait tout à l'heure en vous voyant revenir à moi si gentille, si douce.

BERTHE, vivement.

Quoi donc?

RENÉ.

Je voulais vous faire le sacrifice du plaisir que me promet-
tait la visite de madame Darcy, et puisque vous le désire⁊
tant, vous conduire à Trouville.

BERTHE, à part.

Quelle joie vous m'auriez faite alors, mon ami ! (Haut.) Mais
maintenant..

RENÉ.

Maintenant ?...

BERTHE.

Comment faire ?

RENÉ.

Ah! c'est bien simple...

BERTHE, l'interrompant.

Bien simple ? Non. Rappelez-vous ce que vous disièz à
propos de ma cousine.

RENÉ.

Mon Dieu ! vous savez ce que c'est : dans le premier moment,
on se laisse dominer par des usages, des préjugés qui vous
semblent une barrière infranchissable; puis on est tout
étonné de voir combien il est facile de s'en affranchir.

BERTHE.

Il y a aussi une autre raison sérieuse, la saison; je craindrais le bord de la mer. (A part et résolûment.) ll me faut mon
voyage d'Italie !

RENÉ, se rapprochant de sa femme.

Vous craignez le bord de la mer ! même dans le golfe de
Naples ?

BERTHE.

Oh! non, pas là !

RENÉ.

Eh bien ! soyez heureuse, chère enfant, nous partons.

BERTHE, avec joie.

Pour Naples, vrai ? Ah ! quel bonheur ! Mais, bien vrai ? Je n'y peux pas croire...

RENÉ, à part.

J'ai été un peu vite... j'aurais pu n'aller qu'à Arcachon.

BERTHE.

Et maintenant, mon ami, vite, donnez-moi ma lettre ; si Laure n'a pas de réponse, elle sera ici demain. Vite ! vite !

RENÉ cherche dans ses poches, puis se ravisant.

Mais, au fait, elle est inutile cette lettre, puisqu'elle l'invitait à venir. Ecrivez à votre cousin, je vais écrire à madame Darcy.

BERTHE, regardant la pendule.

Hâtez-vous, René, c'est l'heure. (Ils s'asseyent chacun à une table.)

RENÉ, écrivant, haut.

Madame... (Il froisse son papier.) Quelle affreuse plume ! (Il la change et recommence avec soin ; pendant ce temps, Berthe, qui n'écrit pas, s'est retournée à plusieurs reprises, du côté de son mari, du côté de la pendule.)

BERTHE, à part.

Elle ne partira pas ! (Impatientée, elle se lève et va à son mari.) Eh bien ?

RENÉ se lève à son tour, froisse son papier et le jette à terre.

C'est très-difficile d'écrire à une femme !

SCÈNE XI

RENÉ, BERTHE, PIERRE.

PIERRE arrive en courant.

Monsieur, le facteur attend les lettres !

RENÉ, avec humeur.

Qu'il attende !

PIERRE.

Mais, monsieur, il ne peut pas se mettre en retard ; s'il passe par ici c'est un effet de sa complaisance, ça ne leur est pas permis ! si le gouvernement le savait...

RENÉ, l'interrompant.

C'est bien ! on ne vous demande pas tout ça.

BERTHE, s'adressant à son mari.

Voyons, René, tâchez de vous souvenir. Qu'avez-vous fait de celle que je vous ai remise ? Ne l'avez-vous pas posée sur quelque meuble ?... (Elle cherche avec impatience.) Non ! rien... (Elle va à la cheminée, revient à la table.) Peut-être dans cette corbeille ? Ah ! la voilà ! enfin... (Elle la tend vivement au domestique.)

RENÉ, vivement aussi, la lui prenant des mains.

Permettez ! Il était convenu, il me semble, que madame Darcy ne viendrait pas. Décidément, ma chère, vous tenez trop à recevoir votre cous... (Berthe lui fait un signe en montrant le domestique ; il s'arrête.)

BERTHE.

Mais donnez donc ! (Elle tend la main ; il résiste.) Cette lettre ne changera rien à nos projets. (Elle veut la lui prendre.)

RENÉ.

Ah ! c'est trop fort ! (Il déchire l'enveloppe et lit.) « Mille regrets, ma chère Laure, de ne pouvoir te donner l'hospitalité. Nous quittons la campagne. Il m'a suffi d'exprimer un désir pour que René se soit empressé de t'écrire, car il m'aime presque autant que je l'aime, et ce n'est pas peu dire. Voilà le secret que tu voulais venir surprendre, je te le confie, ne l'ébruite pas, je crains les envieux. (Pendant cette lecture, Berthe s'est sauvée auprès de la table ; elle regarde à la dérobée René qui semble ébahi, puis timidement elle revient près de lui tenant à la main une nouvelle enveloppe, la lui tend, et d'une voix câline lui dit.) Mettez l'adresse.

RENÉ, lui rendant la lettre.

(A part.) Je suis joué !

BERTHE écrit à la hâte le nom sur une nouvelle enveloppe, cachette la lettre, et la remettant au domestique.

Vite, vite ! (Plus bas.) Montez à cheval si le facteur est parti.

SCÈNE XII

RENÉ, BERTHE.

BERTHE.

Et maintenant, René, me pardonnerez-vous d'avoir compté sur votre tendresse et écrit d'avance la réponse que votre cœur vous a dictée ? (Elle reprend vivement, voyant son mari sérieux.) Ah ! il ne faut pas m'en vouloir, je suis si heureuse ! j'ai confiance à présent.

RENÉ.

En vous ?

BERTHE

Non, en toi ! Parce que je crois que tu m'aimes et qu'au besoin tu pourrais être un peu jaloux... (Elle passe son bras sous celui de son mari.). Ne te fâche pas !... la jalousie est un sentiment si naturel ! Le bien se défend, toute propriété s'affirme ; la petite se marque, la grande s'enclôt. Eh bien ! nous aussi, ami, il faut nous enclore... ferme notre porte, ferme ton cœur au caprice, que je me sente bien chez moi, en toi...

RENÉ, attendri.

Tu y règnes, mon enfant, et plus que je ne le croyais moi-même ! L'homme est fanfaron de sa nature ; il s'avoue difficilement, au début du mariage, que toutes les joies du présent, tous les espoirs de l'avenir, tiennent dans un si petit cadre, son bonheur entier dans une si petite main ; mais, qu'une silhouette de larron se montre sur le seuil ! vois, comme il la ferme cette porte, qu'avec raison tu veux garder close. Ah ! j'ai eu peur, je l'avoue, car enfin, ce cousin... d'enfance... Constant.

BERTHE, à l'oreille de son mari.

Il est marié, fixé là-bas ; je le faisais venir pour les besoins de ma cause.

RENÉ.

Traîtresse ! Mais bien vrai ?

BERTHE.

Bien vrai !

RENÉ.

C'est égal, une jolie femme a toujours un cousin sur la planche.

BERTHE.

Eh bien ! je te propose une assurance mutuelle contre les inquiétudes futures ; faisons une sorte de pacte conjugal, en tête duquel nous inscrirons, comme premier article : Ni cousin !...

RENÉ, l'interrompant.

Ni cousine !...

FIN

TABLE DES MATIÈRES

FIN DE LA TABLE

Clichy. — Imprimerie PAUL DUPONT et Cie, rue du Bac-d'Asnières, 12.

NOUVEAUTÉS POLITIQUES ET LITTÉRAIRES
De la Librairie E. LACHAUD

La Guerre de 1870-1871 (histoire politique et militaire), par Hector Pessard et A. Wachter, illustrations de Darjou : **60** c. la livraison.

CHANTS DE GUERRE
1870-1871

FRANCE	PRUSSE
Recueil des Chants et Poésies patriotiques inspirées pendant la guerre 1870-1871, un beau volume grand in-18.	Chansons faites contre la France pendant la guerre 1870-1871, et traduites en français par V. Charlot.
Prix franco........... 5 »	Prix franco........... 2 »

Clichy. — Imprimerie Paul Dupont et Cie, rue du Bac-d'Asnières, 12.

www.ingramcontent.com/pod-product-compliance
Lightning Source LLC
Chambersburg PA
CBHW051821020726
47502CB00005B/1570